AF837173

जासूस प्रमोद कुमार राय

खौफनाक ख़ोज

और दूसरी कहानियां

सक्षम

BlueRose
Publishers
NewDelhi • London

First Published in September 2021

ISBN: 978-93-5472-586-9

BLUEROSE PUBLISHERS

www.bluerosepublishers.com

info@bluerosepublishers.com

+91 8882 898 898

Cover Design:

Muskan Sachdeva

Typographic Design:

Ilma Mirza

Distributed by: BlueRose, Amazon, Flipkart

आनुक्रमनिका

आखिर वह झूठे पत्तल चाट रहा था

रोहित का रोते-रोते बुरा हाल हो गया था. उसे समझ में नहीं आ रहा था की वह क्या करें. अंत में उसने जासूस प्रमोद कुमार राय को संपर्क करने का फैसला किआ.

दिन तथा समय निश्चित होने पर तय दिन पर तय समय पर वह उनसे मिलने आया. राय साहब ने उससे कहा की वह सारी बात विस्तारपूर्वक बताये. उसने कहना शुरू किया, "मेरा बड़ा भाई जो की मुझसे करीब १० वर्ष बड़ा है लगभग ८ वर्ष पहले ही सेना से सेवानिवृत हुए है. वे बहुत ही हंसमुख है व सेना में निडर कप्तान के रूप में जाने जाते थे. लगभग एक वर्ष से वे काफी परेशान थे व लगभग महीने भर पहले वे घर से ये कहकर निकले थे की वे राशन का सामान लेने जा रहे हैं लेकिन उसके बाद वो वापिस नही लौटे. लगभग ३-४ दिन बीत जाने के बाद हमने इसकी खबर पुलिस को दी. तलाश शुरू कर दी गयी लेकिन कोई सुराग ही नहीं था जिस वजह से यह तलाश जल्द ही बंद कर दी गयी."

"ठीक है मैं आपकी हर संभव प्रयास करने में मदद करूँगा." रोहित के जाने के काफी देर बाद तक वे सोचते रहे.

"कॉल की आखिरी लोकेशन ट्रेस करने पर वह घर के पिछवाड़े में मिलती है. लेकिन झाड़ियों के आस पास खोज करने पर कुछ

नहीं मिलता. जब बाज़ार जाकर पूछा गया तो पता चला कि कप्तान साहब उस दिन उधर से गुजरे ही नहीं. काफी देर तक राय साहब सोचते रहे कि अपराध के बाद अक्सर अपराधी सुराग छोड़ता है परन्तु यह विचित्र था कि यहाँ अपराधी ने कोई भी (शीशे की तरह साफ़ काम किया) सुराग छोड़ा ही नहीं था.

वे इसी विषय पर सोचते सोचते सो गए. सुबह उठने पर यकायक उन्होंने फैसला किआ की वे रोहित के घर जायेंगे पर उन्होंने उसे बताना उचित नहीं समझा. पता नहीं क्यों, लेकिन उन्होंने ये सोच समझ कर किया था. वे अपने साथ ६-७ लोगो को और ले गए और रोहित के घर पहुच गए. इतनी सुबह राय को आया देख रोहित आश्चर्यचकित हो गया. राय ने उसे कहा की सभी परिवारजनों से साफ़ कह दो की किसी भी सामान को हाथ लगाये बिना सब बाहर आजाएं. उन्होंने जैसा कहा था वैसा ही हुआ. फिर उन्होंने खुद अपने सभी साथियो के साथ तलाशी शुरू की. तलाशी में उनके हाथ सिर्फ कुछ कागज़ आये. विचित्र बात यह थी की उन कागजों पर ब्रेल में कुछ लिखा हुआ था जो की सिर्फ अंधे व्यक्ति पढ़ सकते हैं पर आश्चर्य की बात यह थी की उस घर में अँधा तो दूर किसी में कोई दृष्टिदोष भी नहीं था.

रोहित के शब्दों में वह वह कागज़ उसके भाई के गुमशुदा होने के लघभग ८ दिन पहले उसके बड़े भाई खुद लाये थे. पूछने पर रोहित ने बताया की उसे इसमें कुछ विशेष नहीं लगा था एवं इसीलिए उसने इस तरफ कुछ ख़ास ध्यान नहीं दिया था. वस्तुत: उसने उसी रात उन्हें कागजों पर उंगलिया फिराते देखा

था व तब उसने उनकी विचित्रता देखकर उनपर संदेह प्रकट किया था, जिस पर उन्होंने कहा था की वे जल्द ही अंधे बच्चो के विद्यालय में बतौर अध्यापक नियुक्ति चाहते हैं एवं इसीलिए वे ब्रेल पढ़ने का अभ्यास कर रहे थे. क्योंकि वे समाजसेवा करते रहते थें इसीलिए मुझे इसमें कोई विशेषता नहीं लगी एवं इसका जिक्र किसी से नहीं किया. राय साहब ने वह कागज़ बटोरे व् उन्हें लेकर अपने निवास पर वापस आ गये. क्योंकि वे एक जासूस थे इसीलिए उन्हें ब्रेल पढ़ना आता था. जब उन्होंने उसे पढ़ा तो पहली नज़र में उन्हें साधारण वर्णमाला और गिनती ही पढ़ने को मिली. हालाँकि उन्हें एक पहेली भी मिली जो ऐसी थी:-

मिलता हूँ मैं रोज़ जोया के
सबसे प्रसिद्ध चाय की दुकान
पर. बताओ मैं कौन हूँ ?

उत्तर : चायपत्ती

यह पढ़कर उनका दिमाग ठिठका क्योंकि यह वहां की इकलौती दुकान थी जो कि 1961 के भारत पाक युद्ध के समय से ही खुली हुई थी. उन्होंने तुरंतु वहाँ जाने का निश्चय किया और शाम होने के पहले पहले वहाँ पहुँच गए और वे कुछ पुलिसवालों को साथ ले गए. ब्रेल दिखाते ही जैसे चाय की दुकान के मालिक की घिग्घी बंध गई । उसे लगभग थर्ड डिग्री टार्चर दिया गया जिसके बाद उसने बताया कि संदिग्ध शेख जो कि उसके बाज़ू वाले घर में रहता था उसने उसे वह ब्रेल दिया था और कहा था कि जब विनोद खन्ना (कप्तान, साहब जब आये तो

उन्हें दे देना) उन्होंने मुझे 2 हजार रुपए दिए इसलिए मैंने यह कार्य करना स्वीकार कर लिया था. मेरे कारण पूछने पर उन्होंने कहा कि तुम्हारे लिए यह न जानना ही ज्यादा बेहतर होगा. उन्होंने जैसा कहा था मैंने वैसा ही कर दिया. राय साहब कि यह सुनते ही आँखे चमकने लगी. उसी समय वे शेख को पकड़ने के लिए निकल पडे. जब वे उसके घर पहुंचे तो ताला लगा हुआ था. किसी तरह खिड़की से अंदर घुसे तो देखा कि एक आदमी मरा पड़ा था और एक चिट्ठी पड़ी हुई थी जिसपर लिखा हुआ था कि विनोद तुम्हें बंगाली मिठाई की दुकान पर मिलेगा। मेरे पीछे मत आना वरना विनोद भी मारा जाएगा और मैं भी(शेख). मरे आदमी के विषय में पूछने पर   बताया गया कि शेख के सारे काम वही करता था. मिठाई की दुकान पर पहुँच कर उन्हें कुछ विशेष नहीं दिखा, परन्तु एक व्यक्ति विक्षिप्त अवस्था में उसी दुकान के अन्दर दिखा. वह झूठे पत्तल चाट रहा था. उसे देखते ही रोहित भैया-भैया कह के रोने लगा. वे बहुत ही खराब हाल में थे. उन्हें तुरंत अस्पताल ले जाया गया. वहां उनका इलाज़ हुआ परन्तु कोई उन्हें ठीक नहीं कर पाया. यह राज़, राज़ ही बनकर रह गया. ब्रेल के नीचे चाय की दुकान का पता व हस्ताक्षर ही विनोद के मिलने का कारण बन पाए थे. शेख के घर की विस्तृत तलाशी लेने पर एक पत्र मिला जिसपर पाकिस्तान के वजीरेआज़म की मुहर लगी थी व लिखा था-

“जिसकी वजह से हम युद्ध हारे उसका जीवन जहन्नुम बना देना.” यह पढ़ते ही राय का शक यकीन में बदल गया की रोहित कुछ ऐसा भी जनता है जो और कोई नहीं जानता क्योंकि

वो अपने भाई के सबसे करीब था. तब पूछने पर उसने सुबकते हुए बताया की विनोद वस्तुत: सीक्रेट एजेंट थे जिन्होंने पूर्वी पाकिस्तान उर्फ़ बांग्लादेश जा कर महत्वपूर्ण सूचनाएं भारत भेजी थी एवं यह जानकारियां इतनी जरुरी थी की इसका पता चलना युद्ध का रुख मोड़ने लायक था. पर क्योंकि वह कपडे का व्यापारी था इसीलिए वह यह सोच भी नहीं पाया की इस कार्य का परिणाम उसके भाई को भुगतना पड़ेगा. अब विनोद हमेशा के लिए पागल हो चुका था.

नाटक

आज ही डोंगरी जेल में एक नए कैदी को लाया गया था. मुंबई का नंबर एक डॉन रुस्तमसिंह राठौर आखिरकार पकड़ा गया था. उसने कई कारनामे किये जिनमे से एक था मुंबई के DGP सिंह कुमार का क़त्ल भी था.

बंगाल की राजधानी कोलकाता में इस खबर को घर में पढ़ते वक्त प्रमोद कुमार राय काफी आश्चर्यचकित व उत्साहित थे. राठौर जैसे अंडरवर्ल्ड डॉन का पकड़ा जाना कोई मामूली बात नहीं थी. उन्होंने पढ़ा की उसे एक सार्वजनिक बगीचे में भेस बदलकर घूमते वक्त पकड़ा गया. एक घंटे तक अख़बार चाटने के बाद वे नित्यकर्म करने चले गए.

वहां मुंबई में राठौर को पूछताछ के लिए हाई सिक्यूरिटी वाली सेल में रखा गया था. अगले दिन जब उसके भागने की खबर आई तो ज्ञात हुआ की सुरक्षा वाले सिपाही बेहोश पड़े थें व जेल की खिड़की तोड़ी गई थी. यह खबर बहुत जल्दी ही जंगल की आग की तरह फैल गयी व एक राष्ट्रीय खबर बन गयी.

प्रमोद कुमार राय बहुत खुश थे. पिछले १०-१२ दिनों से उन्हें किसी ने भी सेवा के लिए याद नहीं किया था. क्योंकि वो निजी जासूस थें तो पैसे की कमी तो थी नहीं पर वे वयस्त रहना ज्यादा पसंद किया करते थें. वैसे भी उनकी गिनती भारत के श्रेष्ठ जासूसो में होती है. हालाँकि ऐसा लग रहा था की उनकी ख़ुशी ज्यादा देर तक टिकने वाली नहीं है.

“हेलो”,जी ,राय साहब ,क्या मै आपका कुछ कीमती वक्त ले सकता हूँ”. “हाँ ,मैं राघव सिंघानियाँ बोल रहा हूँ”, अभी के लिए मैं यही बता सकता हूँ की मैं तेल उद्योग से जुड़ा व्यापारी हूँ और आप से मिलने आ रहा हूँ”. राय सोचने में मग्न हो जाते हैं की वह व्यक्ति आखिर उनसे क्यों मिलना चाहता है. तभी उनके बगीचे के आगे एक शानदार कार आकर रूकती है जिसमे से काला चश्मा पहने एक आदमी निकलता है. उसने काला सूट और पैंट पहना होता है और उसके हाथ में एक ब्रीफ़केस था. वह कदकाठी से पतला-लम्बा था लेकिन उसके चेहरे पर एक तेज था.

वह थोड़ा घबराते हुए आता है व राय से उनका परिचय पूछता है. दोनों में मेलमिलाप होता है और दोनों बैठक में पहुँचते हैं. वहां राय साहब की बहन नीतू उनके लिए चाय रखती है और फिर बातचीत शुरू होती है.

“मेरे कंपनी के कर्मचारी शुभोजीत, रंजित, सुजीत और निशा की हत्या की जा चुकी है. चारो ही कंपनी के पूर्वी छेत्र के एग्जीक्यूटिव ऑफिसर के पद पर थे.

क्योंकि इस खबर से कंपनी की बदनामी होती और कारीगर मिलने बंद हो जाते इसलिए इस खबर को फैलने नहीं दिया. चारो ही मेरे परिवार से सम्बंधित थे. एक मेरा सगा भाई, दूसरा उनका बेटा, तीसरा छोटे भाई का बेटा व चौथी...(सुबक). चौथी मेरी खुद की बेटी थी. कुछ समझ नहीं आ रहा कि मैं क्या करूँ.

"क्या आपके पास चिट्ठी अथवा फ़ोन कॉल कुछ आई थी."
"नहीं". एक के बाद एक वे सब मारे गए. मुझे डर है कि यह कोई, किसी पारिवारिक रंजिश की वजह से तो नहीं कर रहा. राय की तेज आँखों ने पहचान लिया की वह सच ही बोल रहा है. उन्होंने उसे दिलासा दिया और कहा कि वो हर संभव कोशिश करेंगे की वे उनकी मदद कर सके. उस आदमी ने अपना ब्रीफ़केस खोलकर उन्हें अपने मृत परिवारजनों की फोटो दिखाई व उन्हें देकर बोला की मैं इंतज़ार करूंगा आपका. यह कहकर उसने विदा ली. राय साहब को आज १२ दिन के बाद उनका दिमागी खाना मिला था. यह सच में पेचीदा मामला था. उनकी समझ में कुछ भी नहीं आ रहा था की वह क्या करे, क्योंकि उनका क्लाइंट उनको बता चुका था की कोई फ़ोन कॉल नहीं, कोई चिट्ठी नहीं, न कोई संदेह में ही है.

उसी शाम उन्होंने उस बहादुर सिपाही के क़त्ल की खबर सुनी जिसने डॉन राठौर को बगीचे में पकड़ा था. हालाँकि वे इसमें कुछ ज्यादा तर्क नहीं कर सके क्योंकि वे खुद उद्योगपति के केस में उलझे हुए थे.

अगले दिन उन्होंने उद्योगपति के ऑफिस में जाने का निश्चय किया. वे सुबह-सुबह ही उधर पहुँच गए व उन्होंने सारे सीसीटीवी चेक किये. कोई सुराग नहीं.

उन्होंने पूछताछ चालू करने की सोची लेकिन फिर उन्हें याद आया कि सिंघानिया साहब ने ऐसा करने से मन किया है क्योंकि उन्होंने खुद कहा था की कृपया सार्वजनिक रूप से इन हत्याओं का किसी को भी पता न चले. हताश व निराश जब

वो घर पहुंचे तो देखा नीतू रो रही थी. उन्होंने उससे पुछा तो उसने बताया की जब वह सो कर उठी तो बरामदे में एक कागज़ पड़ा हुआ था. उस कागज़ पर लिखा हुआ था “हमारे मामले में मत पड़ो, वर्ना बहुत पछताओगे राय.” यह कहकर वह फिर रोने लगी. राय साहब ने साफ़ कहा की मेरे काम में डर का कोई स्थान नहीं व अगले दिन सुबह की पहली ट्रेन से उन्होंने अपनी बहन को गुजरात अपनी नानी के पास भेज दिया. वे जानते थें कि कातिल परिवार से दुश्मनी करने की गलती नहीं कर सकता, क्योंकि ऐसा करके वह मुझे अपने करीब पायेगा. दूसरी बात यह भी थी कि कातिल का ध्येय अपने स्वार्थ को पूरा करना था. उसका राय व उसके परिवार से कोई मतलब नहीं था. ऊपर से राय का उससे कोई निजी वैमनस्य भी नहीं था इसलिए राय निश्चिन्त थें कि अपराधी उन्हें नुकसान नहीं पहुंचा सकता. अब वे घर में अकेले थें व अपनी योजना बनाने लगे. अगले दिन उन्होंने घर के सभी सदस्यों से मिलने का निश्चय किया और सिंघानिया साहब के घर के लिए निकल पड़े. उनके घर पर उन्होंने देखा की सब लोग शोक संतप्त हैं. उन्होंने एक-एक करके घर के सभी लोगो से पूछताछ शुरू की. उनका ऐसा मानना था कि सभी मृतकों के माँ बाप से ही उनके बच्चों के विषय में पूछना ठीक रहेगा क्योंकि व्यक्ति अपने फूफा-ताऊ आदि से कुछ भी छुपा सकता है लेकिन अपने माता पिता से कुछ नहीं छुपा सकता. हालाँकि इस पूछताछ से कोई निष्कर्ष नहीं निकला क्योंकि माता-पिता भी कुछ विशेष नहीं बता पाए. मृतकों से जुड़ा कोई ख़त कागजात आदि किसी से कुछ सुराग नहीं मिल रहा था. उनको खटक तो रहा था की एक तरफ डॉन का जेल

से भागना दूसरी तरफ बड़े लोगो की हत्याओं का सिलसिला व तीसरी तरफ उनका अपना केस उनको बाँध रहा था लेकिन कोई बड़ा सुराग हाथ नहीं लग रहा था. दूसरी तरफ राय भी विचित्र पशोपेश में थे. वे चाहकर भी फॉरेंसिक जांच वगेरह नहीं करा सकते थे क्यूंकि अव्वल तो उनके क्लाइंट ने ही मना कर दिया था, क्योंकि इस बात के फैलने से उनकी कंपनी को नुकसान हो सकता था. दूसरी बात यह थी की एक साथ इतने मौत की खबर लोगों में डर का माहौल बना सकती थी.

रात के बारह बज रहे थे. राय साहब सन्नाटे में थे. उन्हें कुछ भी समझ में नहीं आ रहा था. अगले दिन उन्होंने फिर साईट विजिट करने का फैसला किया, लेकिन अब उनके साथ कुछ ऐसा होने वाला था जो उन्होंने सोचा भी नहीं था. जब वे हत्या वाली जगह पर पहुंचे जहाँ हत्या हुई थी तो उनके पैरों तले जमीन खिसक गयी. पूरी की पूरी बिल्डिंग जमींदोज थी. वहां सिर्फ खँडहर था. ऐसा लग रहा था मानो वहां कभी बिल्डिंग थी ही नही. उन्होंने पूछताछ शुरू की तो पता चला की वह बिल्डिंग देर रात ही गिरा दी गयी क्योंकि बिल्डिंग अवैध थी और नगर निगम ने कोर्ट आर्डर के तहत उसे धवस्त करने का नोटिस दिया हुआ था. अब राय साहब तुरंत सिंघानिया साहब से मिलने के लिए निकलें तो पता चला की सिंघानिया साहब फॉरेन टूर पर चले गए हैं. अपने क्लाइंट की यह बेफिक्री देखकर वे समझ गए की इस बार उन्हें फंसाया गया है. लेकिन फिर वे सोच में पड़ गए कि मुझे मेरा मेहनताना तो बराबर मिल रहा है. इसी उधेड़बुन में वह घर पहुंचे तो एक और आश्चर्य उनका इंतज़ार कर रहा था. सिंघानिया साहब उनके बगीचे में बैठे हुए थे और

राय के आते ही वे तुरंत खड़े हो गए. वह राय को बताने लगे की उनकी बिल्डिंग को अवैध घोषित कर दिया गया था. राय ने आश्चर्य से पूछा की जब वे उनके बंगले पर गए थे तो वहां धवस्त मकान का मलबा पड़ा था. पूछताछ की तो उन्हें पता चला की वे विदेश यात्रा पर गए हुए हैं. "मैं विदेश यात्रा पर नही बल्कि आप ही के घर के लिए सुबह-सुबह निकला था लेकिन मैंने उन्हें बताया नहीं क्योंकि तीन चार बार पहले भी वे लोग आपको और मेरे को एक साथ देख चुके हैं और मैं चाहता था कि उन्हें शक न हो इसलिए उन्हें कुछ बताया नही. आप तो जानते ही हैं कि दीवारों के भी कान होते हैं. फिर कुछ बातचीत हुई और उसी रात उनसे मुंबई से मिलने पुलिस कमिश्नर आये. वे बहुत तनाव में थे और कहते जा रहे थे कि आपको सबकुछ छोड़कर मेरे साथ चलना ही होगा. बड़े-बड़े लोग अपनी जान से हाथ धो रहे हैं. अब देश के सबसे अच्छे जासूस को याद करने के अलावा हमारे पास कोई चारा नहीं था. अब यह मुद्दा प्रांतीय ही नहीं, राष्ट्रीय भी बन चुका है. राष्ट्र से सर्वोपरि कुछ नहीं होता. राय साहब अपने निजी केस में व्यस्त होने के बावजूद यह तो महसूस कर ही रहे थे की बड़े स्तर पर प्लानिंग के अनुसार सब कुछ किया जा रहा है. हालांकि आगे बातचीत में राय साहब को यह भी पता चल गया की गुप्त तरीके से उनसे महाराष्ट्र सरकार ने मदद मांगी है व दूर-दूर तक इसकी खबर किसी को नहीं है. राय साहब का जाना बहुत जरूरी था. उनकी आदत थी की वे किसी भी केस को अधूरा नही छोड़ते थे. लेकिन यहाँ देश काल की परस्थिति को ध्यान में रखते हुए उन्हने निर्णय लिया की देश के लिए काम करना

ज्यादा जरूरी है. उन्होंने तुरंत एक संदेशवाहक को सिंघानिया साहब के आवास पर जाने के लिए तैयार किया व उसे एक चिट्ठी दी क्योंकि उन्हें शक था कि फ़ोन कॉल आसानी से ट्रेस किया जा सकता था. उन्होंने लिखा

"प्रणाम

मुझे बहुत खेद के साथ यह कहना पड़ रहा है की मैं आपका केस अब और हैंडल नहीं कर सकता. ऐसा नहीं है की मैं उन धमकियो से डर गया हूँ, या फिर मैं किसी निर्णय पर नहीं पहुँच पा रहा हूँ. मुझे बताते हुए बहुत खेद हो रहा है लेकिन आपका केस मुझे काफी लम्बा लग रहा है. मुझे डर है की इस केस के चक्कर में मैं कहीं अपने पहले कर्त्तव्य न भूल जाऊं जो की मुझे राष्ट्र के प्रति सब कुछ न्योछावर करने हेतु प्रेरित करती है. आपका केस भी कम सनसनीखेज नही है, इसके लिए मुझे क्षमा करें. मैं अपने साथी को यहाँ छोड़कर जा रहा हूँ जो की आगे आपका केस संभालेगा. विश्वास मानिये की वह जरूर आपका केस सुलझा लेगा.

अब मुझे आज्ञा दीजिये

प्रमोद कुमार राय"

उन्होंने अपने नौकर को कह दिया था की वह जाकर उनको बंगले के नीचे फ़ोन कर दे ताकि उनके नौकरों को उसका देर से आना कुछ अटपटा न लगे. करीब एक घंटे बाद ही वह मंत्री के साथ मुंबई के लिए निकल गए. एक दिन तो उन्होंने आराम किया और उसी दिन उन्होंने डिप्टी होम सेक्रेट्री की रहस्यमयी

हालात में मौत की खबर सुनी. वहीं अब उनके आने का समाचार भी समाचार पत्र की सुर्ख़ियों में था. उनके रहने की जगह पर एक दम टाइट सिक्यूरिटी लगा दी गयी थी ताकि कोई उन्हें नुकसान न पहुंचा सके. पर जैसे अभी उन्हें और आश्चर्यचकितत होना था क्योंकि अगले ही दिन दोपहर के समय उनके जूनियर का सन्देश आया की सिंघानियाँ साहब का घर भी रातों रात खँडहर हो चुका है और घर के सभी सदस्य भी गायब हैं. यहाँ तक की बच्चों का भी कुछ पता नही. ऐसा विचित्र केस राय साहब के सामने पहली बार आया था जिसमे वे मजबूर व असहाए थे. उन्होंने कहा की तुम केस की तफ्तीश करो और फिर उन्होंने उसे कुछ सलाह दी व फ़ोन कट हो गया.

भाग २

अगले दिन से राय साहब ने अपनी तफ्तीश की पूरे जोर के साथ शुरुआत किया. सबसे पहले तो उन्होंने सारी फॉरेंसिक जांच रिपोर्ट व अपराधियों से मिलने का निश्चय किया. यह एक सच्चाई थी की वे सभी अपराधियों से मिले लेकिन किसी ने भी मुँह नहीं खोला. सिर्फ एक अपराधी किशोर बच्चे ने बताया की राज्य का गृह मंत्री भी उसी शाम मारा गया था. उन्हें उसी के ड्राईवर ने मारा. कही न कहीं यह डर भी था की कहीं यह गाज और राजनेताओं पर भी ना गिर जाए. एक तरफ सभी की सिक्यूरिटी बढ़ा दी गयी वहीँ दूसरी तरफ राय ने अपनी तफ्तीश तेज कर दी. उसी रात राय को अपने जूनियर का फ़ोन आया जिसपर वह कह रहा था की जिनको वे लोग सिंघानियाँ के नाम से जानते थे उनको हम लोगो ने हूगली के किनारे मछली बाजार में देखा था. राय साहब ने आश्चर्य प्रकट किया व फिर कहा की तफ्तीश चालू रखो. फिर फ़ोन कट गया. उन्होंने सोचा की जितना वे अब तक मुंबई में आकर पाए हैं उतना तो पुलिस भी कर चुकी है. उन्होंने इस मुद्दे के लिए अलग तरह से सोचने की सोची व हत्या के तरीको पर गौर किया. उन्होंने पाया की दोनों ही हत्याएं जहर मिला कर की गयी हैं वह भी पानी में. गिलास पर उँगलियों के निशान भी नौकरों के ही मिले थे. उन्होंने नौकरों से पूछा की उस दिन उनके साथ क्या क्या हुआ था. उन्होंने बताया की पानी ले जाते वक्त तक तो सब कुछ ठीक था. फिर उन्होंने केबिन के अन्दर ही सिसिटीवी फुटेज

देखने का फैसला किया. दो फुटेज में उनकी एक व्यक्ति से मुलाकात हुई थी व जांबाज पुलिस ऑफिसर जिसने डॉन को पकड़ा था उसको घर पर ही जहर देकर मार दिया गया था. जब उस आदमी का चेहरा उन्होंने ध्यान से देखा तब वे आश्चर्यचकित रह गए. लेकिन उन्होंने कुछ बताया नही. न जाने क्यों उन्होंने फैसला किया की इस तस्वीर को पुलिस ऑफिसर के परिवारवालों को दिखाया जाये. जब उन्होंने दिखाया तो परिवारवालों ने कहा की यही वह आखरी व्यक्ति है जिसने पुलिस वाले से मुलाकात किया था. एक अहम् सुराग हाथ लग गया था. उसी शाम उन्हें अपने साथी का फ़ोन आया जिसने उन्हें खुश कर दिया यह कह करके कि जिसको वे लोग सिंघानिया समझते थे वो देबू निकला और वह कोई उद्योगपति नही बल्कि एक नाटक मंडली का सदस्य है. पूछताछ पर उसके बाकी साथियों ने भी कबूल कर लिया उन्होंने सिंघानियाँ के नौकर, परिवारवालों और कार्यालय के लोग होने का अभिनय किया. इसके लिए उन्हें बड़ी मात्रा में पैसे दिए गये थे और वह भी ऑनलाइन भेजे गए थे. राय को अब समझ में आने लगा था की माजरा क्या है. उसने आदरसहित सभी को मुंबई लाने को कहा और दूसरी तरफ अपनी तहकीकात को और भी पक्का करने लगा. उस दौरान एक अजीब वाकया और घटा. राय को मुंबई आये हुए २५ दिन बीत चुके थे व पिछले २० दिनों से कोई हत्या नहीं हुई थी. जब सभी आ गए तो राय का शक यकीन में बदल गया की जहर देने वाला इसी देबू का साथी है. बाद में राय ने उसे एक अँधेरे कमरे में पुलिसवालों की निगरानी में ले गए व उसका मनोबल तोड़ने के लिए सारी बाते बता दी.

वस्तुतः वो एक अच्छा व्यक्ति था लेकिन पापी पेट ने यह अभिनय करने के लिए उसे मजबूर कर दिया था. बल्कि सच्चाई तो यह थी की हत्या भी उसने नहीं की थी. वह बार बार यही बोल रहा था, . बहुत जोर देकर पूछने पर उसने बताया की कलकत्ता में एक सूट-बूट वाला आदमी एक ख़ास तरह का सिगरेट लेकर आया था. यह कहते ही राय को जैसे याद आया की तीनो के पास से सिगरेट का डिब्बा बरामद हुआ था .वह विलायती सिगरेट थी. उन्हें बेचने के मकसद से वो वहां गया था. संयोग से मालिकों ने वह खरीद लिया. मुझे वह तीन सिगरेट के डिब्बे बेचने के लिए उन तीनो के पास भेजा गया था. मुझे इसी अभिनय के पैसे मिले थे लेकिन मैं नहीं जानता था की वे तीनो ही मर जाएंगे.

अब राय सब समझ चुके थे और उन्हें मास्टरमाइंड का इंतज़ार था. इसे संयाग ही कहें की उसी दिन डॉन को ड्रग्स के साथ रंगे हाथों मुंबई एअरपोर्ट पर पकड़ लिया गया. पुलिस के अनुसार यह ड्रग्स खालिस रूप से लेने पर बहुत ही जानलेवा थी. हालांकि राय ने पुलिस से विशेष परमिशन उस डॉन से मिलने की ले ली थी. उन्होंने वहीँ एअरपोर्ट पर सबके सामने उस डॉन से सब सच-सच बता देने को कहा. पहले तो डॉन ने आना-कानी की. कहा कि उसे कुछ नहीं पता आदि लेकिन सब बातें तफ्तीश की बता देने पर उसने सब बातें कबूल की. उसने बताया-

“जो तीन लोग मरे हैं वो दोनों ही मेरे पूर्व सहयोगी रह चुके हैं व मेरी सच्चाई सबूत के साथ इनके पास सुरक्षित थी. इन्होने सांठ-गाँठ से बड़े पद प्राप्त कर लिए व इन्हें मारना मेरे लिए

काफी मुश्किल हो गया. वैसे भी तुम्हारे (प्रमोद कुमार राय)जैसे जासूस के रहते यह करना लगभग असंभव ही था क्योंकि यह तो सबको ही पता है की तुम कितने बड़े देशभक्त हो.

इसलिए आपको फ़साये रखने के लिए एक पेचीदा केस बनवाया व दूसरी तरफ इन लोगो को विलायती सिगरेट में यही ड्रग डलवा कर मरवा दिया

लेकिन आपको धोखा नहीं दे पाया.

अनोखा बदला

दिल्ली के प्रसिद्ध बेकरी स्ट्रीट पर रमन बेकरी के सामने दिनदहाड़े गोलियां चल गयी. सभी तरफ अफरातफरी मच गयी. एक आदमी कि मौत हो गयी. रमन ने डर के मारे बेकरी बंद कर दी. उसने तुरंत पुलिस को सूचना दी.

आधे घंटे बाद मौका-ए-वारदात पर पुलिस पहुँच चुकी थी. पुलिस ने उसकी गवाही नोट की.

“मैं पैनकेक व अन्य बेकरी के प्रोडक्ट्स का धंधा करता हूँ. आज भी अन्य दिनों की भाँती ग्राहक आये हुए थे एवम उनके आर्डर यथा समय मैं पूरा करने की कोशिश कर रहा था. तभी बाइक पर दो सवार आये और बाइक से ही उन्होंने दुकान के अन्दर गोली चलाई. फिर वे दोनों फरार हो गए. हम लोग सब हडबडाहट में दूकान से भाग गए. जब मैं वापस आया तबतक हालत सामान्य हो चुका था. हालांकि जब हमने नुकसान का जायजा लेना चाहा तो देखा की कुछ नुकसान नहीं हुआ है. पुलिस को जैसे कुछ याद आया. पुलिस अपनी जीप में वापस जाने लगी. इंस्पेक्टर राजेश हवलदार सुरेश से कह रहे थे”आश्चर्य की बात है कि पिछले साल और पिछले के पिछले साल भी इसी तरीके से मौते हुई थी. उनके भी गुनाहगारों को हम पकड़ नहीं पाए थे. वस्तुतः उन्होंने तफतीश की थी पर सीसीटीवी में कुछ नहीं दिखा था. सड़क पर बाइक के टायर के कोई निशान नहीं थे व वह मृत व्यक्ति की लाश भी नहीं मिलती थी.

इंस्पेक्टर राजेश ने जोश में आते हुए कहा कि इस बार हम तफतीश बीच में बंद नहीं करेंगे.पिछले तीन सालों में इस तरह से तीसरी बार हत्या हुई है. उन लोगो ने खोजबीन शुरू की . लेकिन कोई सबूत गुनाहगारों ने छोड़ा ही नहीं था . फिर उन्होंने रमन से उस ग्राहक का नाम, पता पूछा तो उसे इस विषय में पता था. उसने अपने रिकॉर्ड खोले और बताया की रोहित सिंह नाम है इसका जिस नाम के तीन व्यक्ति तीन सालों में मारे जा चुके हैं. इंस्पेक्टर को आश्चर्य हुआ की तीनो साल एक ही नाम का व्यक्ति कैसे मर सकता है. पता करने पर यही पता चला की पुलिस ने फ़ालतू केस समझकर केस को गंभीरता से नहीं लिया. इंस्पेक्टर ने कहा की इस साल इस केस को काफी गंभीरता से लेना है. उन्होंने उसका पता जो डायरी में उसने नोट कराया था उसको लेकर कनाट प्लेस हनुमान मंदिर के पास अर्थात उसके घर पहुँच गए. लेकिन उन्होंने पाया की घर पर रोहित सिंह का परिवार रहता ही नहीं है क्योंकि उधर तो उनके किरायेदार ही रहते थे. पूछताछ पर उन्होंने बताया की चार साल पहले रोहित के परिवार ने उनको यह मकान किराये पर दिया व तमिलनाडु चले गए. उन्होंने वहीं से मकान मालिक को फ़ोन लगवाया और पुछा की क्या वो रोहित के परिवार के सदस्य ही बोल रहे हैं." "हाँ बोलिए क्या काम है". "जी हमने आपको यह बताने के लिए फ़ोन किया है कि रोहित जी की रमन बेकरी पर अभी-अभी गोली लगने से दुखद मृत्यु हुई है." "हो ही नहीं सकता . उनको तो मरे हुए तीन साल हो गए." पुलिस को लगा की उन्हें गुमराह किया जा रहा है. उन्होंने उन सभी को जरूरी कार्यवाही हेतु दिल्ली आने को कहा और फ़ोन काट दिया.

भाग २

सभी लोगो के आ जाने पर पुलिस ने तफतीश फिर शुरू की. लेकिन सभी यही कह रहे थे रोहित तो पहले ही मर चुका है. पुलिस ने जो तरीके बताये उसी तरह वह मरे थे. पुलिस को लगा यह लोग सदमे के कारण बहकी-बहकी बातें कर रहे हैं. उन्होंने उनसे सहानूभूति प्रकट की व उसके बाद उनसे वही तीन साल पुराना बयान लिया. लेकिन सच्चाई यह थी कि वे उनपर भी संदेह प्रकट कर रहे थे. रोहित के छोटे भाई ने कहना शुरू किया कि आज से तीन साल पहले रोहित का अपहरण हुआ था. तब हमें फिरौती के लिए कॉल आई थी. हालांकि हमने उन्हें कहा था की तय समय पर हम उन्हें रकम दे देंगे, पर अगले ही दिन हमें भाई की मौत का समाचार मिला. इंस्पेक्टर राजेश ने केस को फ़ालतू समझकर बंद करने का फैसला ले लिया. पर पता नहीं उस रात इंस्पेक्टर के साथ क्या हुआ की उन्होंने केस को चालु करने का निर्णय ले लिया. जोर शोर से परिवारवालों द्वारा बताई गयी जगह पर वो पहुंचे तो उन्होंने पाया की रोहित जो अब मृतक है रहस्यमयी रूप से उधर बंधा हुआ है और दो गुंडे उसे तंग कर रहे हैं. जैसे ही वह लोग करीब पहुंचे रोहित गायब हो चुका था और गुंडे एक विस्मित कर देने वाली हंसी के साथ पुलिस के हाथों में ही बेहोश हो चुके थे. उन्हें होश में लाया गया. होश में लाते ही पता नही गुंडों को क्या हुआ. वे बिलख-बिलख कर रोने लगे . पुलिस के सख्त होने पर उन्होंने बताना शुरू किया...

“आज से तीन साल पहले हमने रोहित को अगवा किया. अपितु हमें सिर्फ पैसों से मतलब था लेकिन हम बताना चाहेंगे की वह काफी अच्छा आदमी था. हम लोग अक्सर कोई अपहरण करने से पहले हमेशा उसकी हिस्ट्री का पता लगाते हैं. जब हमने रोहित के बारे में पता लगवाया तो पता चला कि वह एक अच्छा व्यक्ति है . पैसों के लालच में हमने उसे किडनैप कर लिया. हमने उसे पांच दिन कैद में रखा, छठे दिन वो न जाने कैसे भाग गया. मैं और मेरे साथी जानते थे उसको यूं ही जाने देना अपने धंधे से खिलवाड होगा. उसके दिखते ही हम लोगो ने उसे मारने के लिए का निश्चय कर लिया. हमने उसे एक बेकरी की दुकान पर देखा व उसे गोली मार दी. लेकिन उसके ठीक एक दिन बाद हमारी ज़िन्दगी जहन्नुम हो गयी. हमारे घर की कोई भी नयी चीज़ ख़राब हो जाती. रात में डरावने सपने आने लगे. हम लोग तो अब अपनी परछाई को ही देखकर डरने लगे हैं. तभी पता नहीं कल रात क्या हुआ था. हम तीनो को ही रोहित सपने में दिखाई दिया कुछ बोलते हुए, लेकिन कुछ समझ नहीं आया. तभी हमारी नींद टूट गयी. उसके बाद क्या हुआ कुछ याद नहीं. पुलिस ने पूछा कि तुमने अभी रोहन को बंदी बना कर रखा था, तुम्हे कुछ भी याद नहीं. उनका ज़वाब हाँ था.

फिलहाल अदालत से उचित कार्यवाही के बाद उन्हें मौत की सजा हुई. डॉक्टर के हेल्थ चेक-अप रिपोर्ट ओके आने के बाद फांसी पर ले जाते वक्त इंस्पेक्टर राजेश ने उनसे आखरी इच्छा पूछी.

उन्होंने बताया की वे उससे एक गोपनीय बात बताना चाहते हैं. फांसी का फंदा गले में था, उन्होंने कहना शुरू किया.रोहित को गोली मारते वक्त उसने हमसे चिल्ला-चिल्ला कर कहा था की मैं तुमसे बदला लूँगा व का... कल सपने में आकर उसने कहा की मेरा बदला पूरा हो गया! फिर दोनों एक गहरे सन्नाटे में फांसी पर लटका दिए गए. रोहित का बदला पूरा हो चुका था. क्या आप समझे-रोहित पिछले दो सालों से अपनी मौत का पुनरावृत्ति कर रहा था ताकि गुनाहगारों से बदला ले सके!

युद्ध

पूरी दुनिया में हडकंप मच गया जब UN के प्रेसिडेंट की रहस्यमयी मौत हुई . अभी यह गुत्थी सुलझी भी नहीं थी की एक हफ्ते बाद ही बड़ी तादाद में लोगो के गायब होने की सूचनाये मिलने लगी.

पूरे विश्व में उथल पुथल मच गयी थी. कहना न होगा की भारत इससे अछूता नहीं था. यहाँ भी सोशल मीडिया पर यहीं चर्चाये चल रही थी. टीवी मीडिया पर इन्ही ख़बरों को मिर्च मसाला लगाकर सुनाया जा रहा था. लोग डरें हुए थे. कहना न होगा ऐसी स्थिति को देखकर प्रमोद कुमार राय के भी कान खड़े थे. वे बैठे-बैठे सोच रहे थे . नहीं वे सोच नहीं रहे थे, सोचने की कोशिश कर रहे थे . वे किसी निष्कर्ष पर पहुँचने के लिए इसलिए असमर्थ थे क्योंकि उन्हें मीडिया पर विश्वास नहीं था . मीडिया के अनुसार :

“हत्या के समय वे लोग एकदम एकांत में थे. उनके नौकर-चाकर, सीसीटीवी ,उनके कपडे आदि उनसे जुडी हर वस्तु का पूरी तरह एक्सपर्ट टीम के द्वारा जांच की गयी लेकिन कोई समाधान नहीं निकला. कई लोगो को हिरासत में लिया जा चुका है.”

राय साहब मानो चेतना शून्य बैठे थे. बात भी सही है, जब सबूत नहीं होंगे, तो वे कर भी क्या सकते थे. उधर दिल्ली में

जांबाज इंस्पेक्टर राजेश का भी यही हाल था. हालाँकि वे बहादुर थे पर वे भी हालत को समझ नही पा रहे थे.

करीब पांच दिन के बाद जासूस प्रमोद कुमार राय के पास एक ख़त आया जो कुछ इस प्रकार था:

प्रिय,

प्रमोद कुमार राय साहब

आप तो जानते ही हैं की इन दिनों विश्व में किस तरह की घटनाएं हो रही हैं. ऐसे में सभी बड़े राष्ट्रों ने मिलकर फैसला लिया है की इस मुद्दे पर मिलकर कार्य किया जाए. आप तो जानते ही हैं की स्कॉटलैंड यार्ड, शर्लाक होल्म्स, जेम्स बांड, CIA व सभी देशों कि सुरक्षा एजेंसियों ने थोड़े प्रयास किये परन्तु परिणाम वही ढ़ाक के तीन पात रहा. अतः गोपनीय तरीके से भारत की तरफ से आपको इस साहसिक कार्य के लिए भेजा जा रहा है. हम सभी जानते हैं की भारत के सबसे होनहार जासूस हैं आप. यह जानते हुए भी की प्राइवेट जासूस हैं आप, हम आप पर भरपूर विशवास करते हैं.

भारत सरकार का ठप्पा .

भारत सरकार का ठप्पा देखकर उन्हें हैरानी हुई. उन्हें लगा की यह कोई षड़यंत्र तो नही है उनको उलझाने का जैसा डॉन वाले केस में हुआ था, इसलिए उन्होंने इंक जिससे ठप्पा लगाया गया था, उसे चेक किया और पाया की ठप्पा प्रमाणिक है. अगले ही हफ्ते वे इजराइल के लिए रवाना हो गए.

इजराइल पहुंचकर उन्होंने पाया कि इजराइल का राजदूत उनकी प्रतीक्षा में खड़ा है. उसने उसे आदरसहित अपनी गाडी में बैठाया व वे लोग निकल पड़े पलेस्टाइन के लिए. रास्ते में ही उन्होंने पूछा की इजराइल को ही इस गोष्ठी के लिए नामांकित क्यों किया गया. इजराइल के भारतीय राजदूत ने जवाब दिया “क्योंकि इजराइल इस विश्व की सबसे महफूज जगह है!”

जब वे हॉल के अन्दर पहुंचे तो अपने आदरणीय शर्लाक होल्म्स , जेम्स बांड व विश्व के जाने माने सुरक्षा एजेंसियों के अफसरों को देखकर उनकी आँखे नम हो गयी. अगले दिन उनकी गोष्ठी शुरू हुई. वहां पर सरकारी जासूसी एजेंसियों के अलावा प्राइवेट जासूसों के नाम पर होम्स, बांड, राय थे. इस गोष्ठी का मजा उन्ही की आवाजों में :

CIA: हमसे तो जो बन पड़ा हमने किया परन्तु कोई सुराग ही नहीं मिला.

BOND: सही बात है. सुराग के नाम पर तो कुछ नहीं. लेकिन मुझे उनके कपड़ों पर हरे रंग का द्रव्य अवश्य मिला था.

RAW: आपकी जानकारी हेतु बता दे की वह द्रव्य सभी मृतकों के कपडे पर मिला है, पर इससे कोई सुराग नहीं मिला.

CIA: न यह किसी तरह का जहर है. न किसी के इसपर निशान है. हाँ जांच में यह बात अवश्य सामने आई है यह एक ऐसा रसायन है जो की जीवित है.

RAW: यही तो आश्चर्य की बात है .मजे की बात तो यह है की इस तरल जीव के विषय में कोई भी नहीं जानता. यह पहली बार दुनिया में दिखाई दिया है.

HOLMES: दुनिया में अलग-अलग देश जैविक हथियार बनाते रहते हैं. हो सकता है की यह उनमे से किसी का काम हो.

RAI: तो आखिर मामला क्या है.

CIA: सांस छोड़ते हुए. पता नहीं.

फिर कुछ और इधर उधर की बातें होने के बाद सभा विसर्जित हो गयी.

राय साहब अपने स्थान पर कुछ सोच रहें थे. तभी एक ऐसी खबर आई जिसने उनके पैरों तले कि ज़मीन ही खिसका दी. अमेरिका की स्पेस वॉर फ़ोर्स के चीफ की मौत! खबर मिलते ही राय साहब को अंदाज़ा ठीक लगा. अगले ही दिन होल्म्स, बांड, राय अमेरिका के लिए निकल गए. वहां पहुंचकर उन्होंने छानबीन शुरू की तब CIA ने बताया की वाइट हाउस, जहाँ पर मीटिंग के दौरान चीफ की मौत हुई वहीँ पर नीचे हमने एक व्यक्ति को गिरफ्तार किया. आपको जानकार आश्चर्य होगा की वह पूरी तरह असभ्य है. उसने कपड़ों के नाम पर मात्र एक गुप्तांग ढकने वाला वस्त्र पहन रखा था. उसकी भाषा भी विचित्र है. उन तीनो ने राय-मशवरा किया व राय व होल्म्स जो की बातचीत में माहिर थे उन्होंने फैसला किया की वे कैदी से मिलने जायेंगे. जब वे जेल पहुंचे तो उन्होंने भी कैदी को देखा व अजीब असमंजस में फंस गए. यह तो ऐसा संदिग्ध था जिसको देश

दुनिया की फ़िक्र ही नहीं थी. हालाँकि तभी CIA के सेक्रेटरी ने बताया की इसके हाथ में वही चिपचिपा हरा पदार्थ लगा मिला. दोनों जासूस उससे क्या पूछताछ करते. होल्म्स तो रिकॉर्ड खंगालने चले गए. राय ने वहीँ पर अपना आसन जमा लिया. उस दौरान कैदी को खाना पानी दिया गया. उसे पेशाब भी लगा. उस दौरान उसने जो हरकतें की उससे राय का शक यकीन में बदल गया की...

होल्म्स को लेकर राय आवास पर पहुंचे.

होल्म्स: रिकार्ड्स में तो इस व्यक्ति की जिम्मेदारी किसी ने नहीं ली. हरकतें भी इसकी पुराने समय के आदिवासियों जैसी ही है. मैं विश्वास से यह कह सकता हूँ कि...

राय: यह भारत के अभिन्न हिस्से नार्थ सेंटिनल आइलैंड का है!

होल्म्स: तुमने यह अंदाजा कैसे लगाया!

राय: फर्क यह है की तुमने पढ़कर यह अंदाजा लगाया. लेकिन मैंने उसके साथ समय बिताया और मैं भी इसी निष्कर्ष पर पहुंचा हूँ. मेरे पास एक उपाय है.

दो दिन बाद उन्होंने उस आदिवासी को नार्थ सेंटिनल आइलैंड भिजवा दिया व ऊपर से पूरी नजर रखना शुरू कर दिया. जब उन्हें महसूस हुआ की काम पूरा हो गया है तो वे दोनों CIA के दलबल के साथ नीचे उतर गए. वह आदिवासी जो सम्मोहित अवस्था में था उनको एक गुफा के सामने ले गया और फिर वह भी बेहोश हो गया. उन्होंने उस गुफा में छानबीन शुरू की और तभी दो विचित्र जीव उन्हें दिखे. वे देखने में काफी खूंखार

थे व इंसानों से दुगने लम्बे थे. उन जीवों ने उनपर बन्दूक तानी तभी धांय! वे दोनों जीव लहराकर जमीन पर गिर पडे. उन्होंने पीछे बांड को खड़ा देखा. तभी एक विचित्र सी गैस हवा में फैली व वे सभी बेहोश हो गए.

होश में आने पर राय ने देखा की उनको होल्म्स व बांड के साथ बंदी बनाकर रखा गया है. वे लोग बंधे हुए थे. सामने एक और व्यक्ति था जो की बंदी था और वह विश्वविख्यात जासूस व्योमकेश बख्शी थे! इस भारतीय जासूस के बारे में कौन नही जानता. उन्होंने बताना शुरू किया:

"राय के जाने के तुरंत बाद से मेरे पास भी भारत सरकार की तरफ से चिट्ठी आई. मै तुरंत दिल्ली के सरकारी दफ्तर पहुंचा. वहां पर मेरी और PMO की मीटिंग हुई. मिलने के बाद मुझे लगा की एकबार सॅटॅलाइट इमेजेज पूरे विश्व की देख लेनी चाहिए. मै मानता हूँ की यह थोड़ी विचित्र बात है पर मैं सीधे ही इस निष्कर्ष पर पहुँच गया. इसका कारण यह था की मुलाकात के दौरान ही मुझे पता चला की इसका जो जीनोम सीक्वेंस है वह किसी वैज्ञानिक को समझ ही नहीं आ रहा है. हमें संशय है की कहीं यह कोई पारलोकिक जीव तो नहीं है. मैं समझ गया की यह अंदाजा झूठ नहीं हो सकता क्योंकि एक एक DNA जुडाव में करीब करीब २ प्रोटीन कार्य करते हैं. शून्य फीसदी मिलाव न होना इस बात का सबूत था की यह बिलकुल अलग है क्योंकि प्रोटीन ही अलग था! इसलिए यह कहना कोई अतिश्योक्ति नहीं होगी यह इस धरा का है ही नही. इसलिए

मैंने तुरंत उपग्रह से प्राप्त चित्रों को खंगाला और पाया की नार्थ सेंटिनल आइलैंड पर एक विचित्र हरी आभा छाई हुई है. विश्व में और कहीं भी इस तरह की रौशनी नहीं आ रही थी. आप लोग कह सकते हैं की हो सकता है यह किसी आदिवासी अनुष्ठान की हो,परन्तु ऐसा नहीं था. इसकी आभा पूरे आइलैंड को रोशन किये हुए थी. मुझे महसूस हुआ की मेरा अकेले जाना उचित नहीं .मैं इसलिए भी वहां जाने के लिए आश्वस्त था क्योंकि वहां के समुद्र तट पर मैंने इस द्रव्य को देख लिया था जो की हत्याओं के समय सभी के शरीरों पर मिला था. थोडा किस्मत का साथ था और मैं यहाँ पहुँच गया. यहाँ छुपते-छुपाते मैं गुफा में घुसा जहाँ मुझे एकदम से झटके लगे और मैं बेहोश हो गया. मैं अपने साथ इंस्पेक्टर राजेश को भी लाया था क्योंकि मैंने सोचा की अकेला जाना ठीक नहीं. सरकार ने तो मुझसे सेना की मदद लेने को कहा था लेकिन मैंने इसे ख़ुफ़िया मिशन कहकर मना कर दिया. फिर उन्होंने बांड से पुछा की वह कैसे आया. जेम्स ने बताया की वस्तुतः वह जानता था की भागदौड़ में होल्म्स व राय उसको भूल जायेंगे इसलिए वह CIA के साथ आ गया. तभी घंटी बजी और एक करीब-करीब बीस हाथ लम्बी दैत्याकार आकृति ने प्रवेश किया. उसने कहा की अब उनकी दुनिया नहीं बचेगी और फिर वह चला गया. उसके जाने के बाद न जाने इंस्पेक्टर राजेश कहाँ से आ गया. उसने उन्हें आजाद किया व कहा कि होल्म्स आप जाकर कृपया इजराइल, जहाँ सभी देशों के राजदूत मौजूद हैं को खबर दे दीजिये की विश्व अपने पहले अंतरिक्ष युद्ध की तैयारी कर लें! क्योंकि होल्म्स जासूस होने के साथ-साथ लड़ने में भी कुशल थे

इसलिए वही यह कार्य करने के लिए उपयुक्त थें. वे बचते बचाते किसी तरह इजराइल पहुंचे व सूचना दे दी. उसी रात विश्व की प्रमुख अन्तरिक्ष संस्थानों ने भी सूचना दी की कुछ अज्ञात हमारी तरफ तेजी से बढ़ रहे हैं.

घमासान युद्ध शुरू हो चुका था. दोनों तरफ से मिसाइलों, बम व खतरनाक हथियारों का इस्तेमाल किया जा रहा था. बड़े-बड़े सपेसशिप हवा में दिख रहे थे. हालाँकि युद्ध जीतना एक बड़ी चुनौती थी क्योंकि उनकी तकनीक हमसे आगे थी. तभी ISS ने एक सीक्रेट वॉर अपनाकर मुखिया को अपने कब्जे में कर लिया व मारने की धमकी दी. युद्ध खत्म हो गया. सभी बंधक आइलैंड से छूट गए. दो दिन बाद ISS से मुखिया को धरती पर लाया गया. उससे बातचीत की गयी. तब उसने बताया.

"हमारे ऊर्जा संसाधन तेजी से ख़त्म हो रहे थे क्योंकि हम टाइप २.७५ सभ्यता के हैं. एक मरते सितारे के करीब हमारे ग्रह पर जीवन की शुरूआत हुई. हमने कई सारे सितारों के पास डायसन स्फीयर तैयार किये व उनसे अपनी ऊर्जा जरूरते पूरी करने लगे. हालाँकि वे काफी थे लेकिन किसी चीज की शुरुआत होती है तो अंत भी होता है. उन सितारों की ऊर्जा पूरी तरह समाप्त हो गयी. तभी मेरे गुप्त सूत्रों से पता चला की आपके सूर्य कि अभी लगभग आधी ज़िन्दगी बाकी है. हमने अच्छा स्तोत्र जानकार पता लगवाने का निश्चय किया की कहीं ज़िन्दगी तो नहीं. तब हमें यह दुखद समाचार पता चला की आपके ग्रह पर जीवन है.

हमे डर था की अगर आप हमसे ऊंची सभ्यताओं के हुए तो आपसे दुश्मनी मोल लेना प्राणघातक सिद्ध हो सकता है. इसलिए हम आप पर पिछले छह महीने से नज़र रखे हुए थे. आपकी सारी टेक्नोलॉजी व शक्ति पर हमारी नज़र थी. यह जानकर हमें बहुत हर्ष हुआ की आप ०.७५ सभ्यता के हैं. हमने निश्चय किया की आपसे लड़कर आपका सूर्य हम ले लेंगे. आपके ग्रह को हम अपना गुलाम बना लेंगे. आपके ग्रह के जानवर हमारे चिड़ियाघर की शोभा बढ़ाएंगे. हालाँकि सीधी लड़ाई में हमारा भी काफी नुकसान होता इसलिए मैंने फैसला किया कि विश्व के सबसे ताकतवर लोगों को मरवा देता हूँ ताकि आपका कोई नायक न रहे व आपकी रीढ़ की हड्डी टूट जाए. लेकिन हम यहीं गलती कर बैठे. हमारे ग्रह पर राजा का शासन चलता है. वैसा आपके गृह पर नहीं है. आपके यहाँ ज्यादातर राष्ट्रों में लोकतंत्र है. हमने सबसे अकेले और मुख्यधारा से कटे द्वीप सेंटिनल आइलैंड को चुना क्योंकि हमें पूर्ण विश्वास था की शक की सुई यहाँ तक कभी नहीं आ पायेगी. लेकिन पता नहीं कहाँ गलती हुई. फिर हम आपके जांच के सारे तरीकों के विषय में जानते थे इसलिए हमने एक ऐसा विषाणु अपने गृह से चुना जो की सुशुप्त अवस्था में तो बालू के एक कण जैसा दीखता है लेकिन जब वह पर्याप्त मात्र में खून पी लेता है तो प्रजनन शुरू कर देता है. तभी होल्म्स को याद आया की उन्होंने रिकॉर्ड में पढ़ा था की सभी मृतकों में उन्हें खून की कमी वाली बात पता चली थी. चीफ ने आगे कहना शुरू किया:

“उस आदिवासी की गलती से हम पकडे गए. हमने उन आदिवासियों को समझाया था की हम चाहें तो एक ख़ास

तकनीक के ज़रिये किसी भी जीव को कोई भी आदेश दे सकते हैं. हालांकि जीव पर उस आदेश का असर पांच किलोमीटर के दायरे तक ही रहता है. पता नहीं उस आदिवासी ने यह गलती कैसे कर दी और उसकी वजह से हमारा प्लान चौपट हो गया."

कुछ दिन बाद विश्व के सबसे ताकतवर राष्ट्रों ने एक प्रेस रिलीज़ ज़ारी किया की

"हमारे ग्रह पर न रहकर भी वे हमारे बंधू हैं क्योंकि वे हमारे साथ एक ही गैलेक्सी व एक ही ब्रह्मांड साझा करते हैं. हम उनसे मैत्री सम्बन्ध रखना चाहते हैं. इसलिए सभी राष्ट्रों की सम्मति से हमने फैसला किया है की चीफ को छोड़ दिया जायेगा व उनसे मैत्री का हाथ बढाया जाएगा. ISS उन्हें पकड़ने में सफल इसलिए रह सकी क्योंकि जिस समयाविधि में वे नजर रख रहे थे उस समय ISS के विषय में उपलब्ध डाटा यही था की वह एक स्पेस स्टेशन है. यह बात तो हम ही जानते हैं की जो सामान वहां भेजा जाता था उसी से हम अन्दर ही अन्दर हथियार बनाते थे. इस काम को ख़ुफ़िया तरीके से हम इसलिए कर रहे थे ताकि किसी आड़े वक्त में हम ISS को भी अपने वॉर फ्रंट में शामिल कर सके. आज वह तैयारी काम आ गयी!

कुछ दिनों बाद मैत्री-संधि प्रस्ताव पारित हो गया. प्राइवेट जासूसों व जांबाज इंस्पेक्टर राजेश को गार्ड ऑफ़ ऑनर से परग्रहियों ने उनके निडर कार्य के लिए सम्मानित किया. सभी गुमशुदा लोगों को भी सही सलामत उनके घर वापस पहुंचा दिया गया.

भाग २

जासूसों व वे सभी लोग जो इस कार्य में शामिल थे उनमे से किसी का भी नाम सार्वजनिक नहीं किया गया था. अपितु साधारण जनता यह जानती थी की क्या हुआ लेकिन इस बात को गोपनीय रखने के लिए सभी एक साथ यह फैसला कर चुके थे की किसी का भी नाम सार्वजनिक नहीं होना चाहिए.

इंस्पेक्टर राजेश तो अपनी दुनिया में मगन थे. अब वे भारत जाने के लिए उत्सुक थे. हालाँकि जिस दिन राय व राजेश को भारत के लिए निकलना था, उस दिन राय ने व्योमकेश के विषय में अपने ज्येष्ठ अधिकारी से पूछा "क्या वे हमारे साथ नहीं आयेंगे?" अधिकारी ने जवाब दिया की कौन व्योमकेश! .वह किसी व्योमकेश को नहीं जानता. यह एक आश्चर्य की बात थी .उसने दूसरे अपने साथी अधिकारी जो की उसके व राजेश के साथ इस मिशन में शामिल थे, उन सबसे पूछताछ किया लेकिन वही ढ़ाक के तीन पात. सभी ने यही जवाब दिया की वे सभी तो सिर्फ राय व राजेश के साथ थे. राय के लिए यह नया नहीं था. उन्हें अंदेशा था इसका. इसका कारण यह था की होल्म्स, बांड, व्योमकेश आदि दिवंगत थे! हाँ राय के पैदा होने के समय व्योमकेश जीवित थे पर वे भी काफी बूढ़े हो चुके थे. राय के किशोरावस्था तक उनका भी स्वर्गवास हो चुका था. फिर आखिर उन सभी श्रेष्ठ जासूसों ने उनके साथ इस मामले को सुलझाया कैसे!

इन सब बातों से राय एक निष्कर्ष निकालने में तो जरूर सफल रहे कि समय यन्त्र का अविष्कार हो चुका है. लेकिन उनके जैसे व्यक्ति को इस विषय का पता न होना आश्चर्य की बात थी. उसी के कुछ दिन बाद एक विचित्र घटना उनके संज्ञान में आई. एक पुलिसवाले ने अपने रिश्ते के भाई की हत्या कर दी थी. लेकिन उसका एक भाई नेता था इसलिए मौत पर बहुत बवाल मचा.

सूरजमल पुलिसवाला जो कि सब इंस्पेक्टर था अगले दिन राय से मिलने आया. उसने राय से गुजारिश की की राय उसे इस आरोप से बचा ले. राय ने सारा मामला गंभीरता से सुना और कुछ सोचने के बाद उसकी मदद करने का फैसला किया. राय ने पूरे केस को जाना परखा और उसी दौरान परग्रही मित्र धरती पर आये. यह खबर चर्चा का विषय बनी हुई थी की धरती को भी मिल्किवे गैलेक्सी यूनियन (जो की कमजोर सभ्यता की ताकतवर सभ्यता से रक्षा करता है) में शामिल कर लिया गया था. वे लोग कमिटी का गठन करना चाहते थे और इसी सिलसिले से अमरीका में ठहरे थे. इस सिलसिले में राय को कॉल आई व वे एक हफ्ते के लिए अमरीका रवाना हो गए. उन्होंने इस दौरान अपने जूनियर से यह कह रखा था की वह केस की तफतीश चालू रखे व इधर CIA के अधिकारीयों के साथ जब उनकी बातचीत हो रही थी उसी दौरान उन्होंने उनसे पूछा "देखिये मैं इतना तो जानता हूँ और यह बात आप मुझसे छुपा भी नहीं सकते .फिर राय ने बोलना शुरू किया

१.होल्म्स, बांड व व व्योमकेश को मरे हुए कई साल बीत चुके हैं.

२.अगर ऐसा नहीं भी है तो उन्हें यहाँ सम्मलित होना चाहिए था.

३.हमारी नार्थ सेंटिनल आइलैंड पर आखरी मुलाकात हुई थी. फिर कोई मिला ही नहीं.

CIA ने जब देखा की राय के पास सारे तथ्य मौजूद हैं तब उन्होंने उन्हें यही बताना उचित समझा की वस्तुतः समय यन्त्र का आविष्कार हो चुका है. राय ने पूछा की इसे दुनिया से क्यों छुपाया गया तब CIA ने बताया की वस्तुतः इसके अविष्कारक ने ही छुपा कर रखने को बोला था, क्योंकि इसका कोई गलत इस्तेमाल भी कर सकता है. जब उन्होंने अविष्कारक का नाम पुछा तो CIA के अधिकारी और भी आश्चर्यचकित होते हुए बोले "सर, यह तो हमें नहीं पता पर इसे आप ही हमें सौंप कर गए थे. राय ने कहा की उन्हें विस्तार से सबकुछ जानना है. फिर अधिकारीयों ने बताना शुरू किआ:

"एक दिन हमारी गुप्त मीटिंग चल रही थी तभी हमारी मीटिंग टेबल के बीच एक व्यक्ति प्रकट हुआ. उस समय हम में से कोई आपको नहीं जानता था. हमने आत्मरक्षा के लिए अपनी बंदूके निकाल ली तभी आपने बोलना शुरू किया:" "मैं बीच मीटिंग में आने के लिए माफ़ी चाहता हूँ. उसके बाद आपने पता नहीं क्या किया की तभी हम लोग एक ऐसी जगह पहुँच गए जहाँ पर युद्ध जैसी स्तिथि थी. विध्वंसक मशीन आकाश व ज़मीन पर चल रही थी. तब आपने एक मशीन हमे सौंप दी.

आपके लिए यह समय यात्रा करने में मदद करेगी. फिर आपने इसे जल्दी में इस्तेमाल करना सिखाया और फिर हम इस मशीन के साथ इस दुनिया में वापस आ गए. फिर अभी इस मुसीबत में हमने उसका इस्तेमाल किया. तभी राय के दिमाग में एक विचार कौंधा की क्यों न उनके केस की तफतीश के लिए समय में पीछे जाया जाए! पर फिर उन्हें लगा की ऐसा करना बेवकूफी होगी क्योंकि हो सकता है की भविष्य कि दुनिया पहले ही इतिहास बदल चुकी हो.

भारत वापसी के बाद उन्होंने अपने जूनियर से सारी जानकारी इकठ्ठा करना शुरू किया.जूनियर ने बताना शुरू किया:

"दिनांक १५/०४/२०२२ को सब इंस्पेक्टर ने अपने भाई की हत्या की. सब इंस्पेक्टर का कहना है कि उसका भाई ड्रग्स की तस्करी में शामिल है, इसलिए उसने उन्हें मारा लेकिन पैसे के जोर पर उनके परिवार ने कोर्ट में केस कर दिया. आरोप है की खाने में जहर मिलाकर उनकी हत्या की गयी". राय ने कुछ सोचकर पूछा- "क्या तुमने सब इंस्पेक्टर से पूछताछ किया". "जी किया, उसने जहर मिलाने वाली बात स्वीकार की है पर उसने कहा की उसने ऐसा केवल अपने कर्तव्य पालन करने के लिए किया है. राय ने कहा की केस विचित्र है. इस स्थिति में वे कुछ नहीं कर सकते.हाँ अपनी पहचान का इस्तेमाल कर वे अपनी सजा ही कम कर सकते हैं.

हालांकि राय को इस केस में कुछ विचित्र अवश्य लग रहा था. वे सोच रहे थे की इंस्पेक्टर को अपनी जान जोखिम में डालने

की क्या ज़रुरत थी. वह अपनी ताकत का इस्तेमाल भी कर सकता था. हालाँकि उसने इस बात को छोड़ दिया.

उसके कुछ ही दिन बाद अखबार में दिल्ली, मुंबई, लखनऊ,चेन्नई, ट्रावन्कोर में बड़ी मात्र में हेरोइन ,मोर्फिन आदि ड्रग्स की खेप बरामद हुई. यह साधारण स्तर पर हुई कार्यवाही नहीं थी. रिपोर्ट के अनुसार प्राइवेट स्कूल ,यूनिवर्सिटीज़, कपडे, की दुकानों मॉल आदि में यह ड्रग्स मिले थे. कई लोगो के घरों पर भी छापा पड़ा था. यह खबर पढ़ते ही प्रमोद कुमार राय अपने क्लाइंट से मिलने जेल पहुंचे. उनको देखते ही इंस्पेक्टर मुस्कुराया और कहा-“मैं आपको पूरी बात बताता हूँ”

“जो भी कुछ अभी तक हुआ है इसकी पूरी जानकारी मुझे है. मैं यह अच्छी तरह जानता हूँ की परग्रहियों से लड़ाई में आपका भी सहयोग है. वैसे तो हम लोगो पर आपकी जितनी जिम्मेदारी तो नहीं पर इतना जरूर है कि हम आपसे कम देशभक्त भी नहीं! मैं दरअसल एक अंडरकवर मिशन पर था. ऐसा इसलिए क्योंकि...मुझे बताते हुए बहुत दुःख हो रहा है लेकिन मेरा अपना भाई इस ड्रग तस्करी से जुड़ा है. आपको आश्चर्य होगा लेकिन मेरा भाई इस देश में ड्रग तस्करों के बाए हाथ के रूप में काम करता था. मैं यह बातें जानता था , इसलिए मुझे ऊपर से आदेश था की संभव हो तो रंगे हाथों जिंदा पकड़ लूं या फिर मार दूं. क्योंकि हमारे लोगों ने यह पता लगा लिया था की चीन-ताइवान की तरफ का रास्ता अंतरिक्ष हमले के कारण तहस नहस हो चुका है. हम यह भी जानते थे कि समुद्री रास्ते से जानेवाली गलती वे कर नहीं सकते,

इसलिए यह बड़ी खेप अपने देश के रास्ते गुजरेगी. इसमें सबसे बड़े रोड़े आप थे और आपसे कोई बात छिपती नहीं इसलिए उन्होंने आपके सभी बातें पता चलने पर आपको भी रास्ते से हटाने की योजना बना रखी थी. यही तो हमारी मुश्किल थी. आपका जिंदा रहना बहुत ज़रूरी था. इसलिए बहुरूपिये के रूप में मैंने आपसे संपर्क किया. यह सिर्फ दिखावा था उन खबरियों के लिए की आप किसी और केस में उलझे हुए हैं. हालांकि केस एकदम सही है. उधर से आपको उलझाकर दूसरी तरफ से हमने उन्हें उलझाया और इस केस को समाप्त कर दिया!

कहना न होगा की जेल भेजना व खबर को छपवाना इंस्पेक्टर को बचाने के लिए सरकार की तरफ से एक छलावा था. बाद में इंस्पेक्टर को बचा लिया गया.

राघव की मौत का राज

घर के चारों तरफ काफी अफरा-तफरी का माहौल था. पुलिस कि छानबीन चल रही थी. श्रीमती शीला लगातार रोए जा रही थी. उनके इकलौते बेटे राघव का शव उनके कमरे में ही मिला था. किसी को समझ नहीं आ रहा था की इस छोटे से बच्चे को मारने के पीछे किसी की क्या मंशा हो सकती है. पुलिस की पूछताछ में वे बता चुकी थी की राघव एक जिंदादिल लड़का था. सिर्फ ५ साल का था वो. उसकी किसी से दुश्मनी नहीं थी. वह तो सभी से प्रेम का ही व्यव्हार रखता था.

मृत शरीर की जांच शुरू हुई. जब रिपोर्ट आई तो पता चला की गला दबाने से उसकी मौत हुई. गले के ऊपर से उँगलियों के निशान ले लिए गए व जल्द ही अपराधी को भी पुलिस ने दबोच लिया. श्रीमती शीला अपनी बहन मिस रुपाली उनके पति रमेश व अपने पति शेखर के साथ आज अपराधी को देखने जा रही थी. क्योंकि अपराधी उसके घर से पकड़ा गया था. जेल पहुंचकर जब उन्होंने अपराधी को देखा तो उनके पाँव तले ज़मीन खिसक गयी. वह उनका बूढा माली सुरेंदर था. उसकी पत्नी मर चुकी थी व वह निःसंतान था. परिवार को विश्वास नहीं हो रहा था, लेकिन शीला ने रुंधे गले से उससे पुछा कि उसने उसके बच्चों को क्यों मारा? “मैंने नहीं मारा मेमसाहब.” “झूठ मत बोलिए, आपके उँगलियों के निशान मिले हैं, उसके गले पर”. लेकिन वह बुजुर्ग व्यक्ति बोलता रहा की उसका कोई भी कसूर नहीं है. मामला अदालत में पहुंचा और लाई डिटेक्टर टेस्ट करवाया गया.

उसमे भी माली की ही बातों की सत्यता की पुष्टि हुई. क्योंकि सबूत जुट नहीं पा रहे थे, इस वजह से केस खत्म हो गया और माली भी छूट गया. श्रीमती शीला काफी मायूस हो गयी. अब सिवाय जासूसी मदद लेने के उनके पास कोई चारा नहीं बचा था. उन्होंने जासूस प्रमोद कुमार राय को कांटेक्ट किया. उन्हें सारी बाते बताई. राय साहब ने कहा की केस सच में पेचीदा है. आखिर ७५ वर्ष का माली हत्या क्यों करेगा और अगर उसने किया भी है तो उसका लाई डिटेक्टर टेस्ट पॉजिटिव आना चाहिए था. पर वह नेगेटिव आया. फिर आखिर आपका अपना माली जो की पिछली दो पीढ़ियों से आपके साथ है आखिर ऐसा कदम क्यों उठाएगा. फिर उन्होंने कुछ सोचा और कहा ठीक है मैं इसकी जांच कल से शुरू करता हूँ.

सबसे पहले उन्होंने घर में रहने वालों का इतिहास पता किया. कौन क्या करता है, कैसे करता है, सबकुछ. इसके अलावा उसके विद्यालय के दोस्तों की भी पूरी जानकारी उन्होने इकठ्ठा की व तब भी उनके हाथ कुछ विशेष नहीं लगा. वे परेशान थे, कुछ समझ में नहीं आ रहा था. फिर वे पुलिस के पास पहुंचे कि वारदात वाली जगह से कुछ जांच में विशेष मिला हो तो. पुलिस से उन्हें पता चला की वारदात की जगह से उन्हें क्लोरोफॉर्म की बोतल व एक चाकू मिला है. वे तुरंत क्लोरोफॉर्म की बोतल पर चिपका लेबल देखकर समझ गए की मामला कुछ और है, और दुकान पर पहुंचकर बोतल खरीदने वालों की जानकारी निकाली. उनमे से एक नाम ऐसा था जिसे पढ़कर उनकी आँखों में चमक बढ़ गयी. वे वहां से अपने घर पहुँच गए व उनसे मिलने के

लिए एक अधिकारिक नोटिस बनवाया व उस व्यक्ति को भेज दिया, जिससे वह मिलना चाहते थे.

अगले दिन शाम के समय उनके दरवाजे पर दस्तक हुई व दो लोग दरवाजे से अन्दर आये .वे दोनों और कोई नहीं श्रीमती रुपाली व उनके पति रमेश थे. हालांकि राय के चेहरे पर कोई आश्चर्य का भाव नहीं था. उन्होंने उन दोनों को आदर सहित बैठ जाने के लिए कहा और फिर पूछा कि आखिर उन्होंने ऐसा क्यों किया. लेकिन वे दोनों कहते रहे की उनका इसमें कोई हाथ है ही नहीं. बातचीत के दौरान ही उन्होंने उन्हें चाय पिलाई हालाँकि उन्होंने उसमे एक दवाई मिला दी थी जिससे की वे आधी बेहोशी की हालत में आ जाये और उसके बाद उन्होंने उनसे पूछताछ किया. फिर जो उन्हें पता चला उसपर उन्हें विश्वास ही नहीं हुआ. हालाँकि उन्होंने इसका विडियो बना लिया था व यह कुछ इस प्रकार था...

क्या आप कुछ उस बच्चे की हत्या के बारे में जानते हैं?हाँ. हमने ही बच्चे को मरवाया है. मरवाया है से आपका क्या मतलब है? मरवाया है से हमारा मतलब यह है की हमने उसके विश्वस्त माली से ही उसकी हत्या करवा दी .कैसे! हम जानते थे की बूढ़े माली पर किसी की ऊँगली नहीं जायेगी, इसलिए हमने उससे यह सारा काम उसे सम्मोहित करके करवाया, ताकि मैं भाई की जायदाद अपने नाम कर सकूं. एक-एक कर मेरा सभी को मरवाने का प्लान था और मैंने ऐसे प्लान बना रखे थे की कोई मुझे पकड़ भी नहीं पाता.

राय को सबूत इकठा करना था व उन्होंने इस विडियो के माध्यम से उनसे सच बुलवा लिया. अपराधियों को सजा मिली व राय को एकबार फिर सम्मान प्राप्त हुआ.

एक बहुत बड़ा हादसा

"अभी-अभी एक बड़ी खबर आ रही है की अमरकांत मिश्र जिस विमान में सवार थे, उसका रनवे पर हादसा हो गया व नेताजी सहित कई लोगो की मौत हो गयी"

प्रमोद कुमार राय को अपने कान पर यकीन नहीं हुआ. विश्वविख्यात युवा नेता की मौत. हालांकि सिर्फ इतनी सी बात से इस निष्कर्ष पर पहुँच जाना कि यह हादसा था या मारने की साज़िश थी यह जल्दबाजी होगी. हालाँकि राय साहब ने इस खबर पर अपनी पैनी नज़र बना कर राखी थी. हालांकि वे अभी एक और महत्त्वपूर्ण कार्य कर रहे थे ताकि उनका पर्दाफाश कर सके. क्योंकि वे एक सच्चे देशभक्त थे इसलिए सरकार भी यदाकदा उनकी सहायता लेती रहती थी. अगले ही दिन खबर आई की पायलट होश में आ गया. सह-पायलट भी जिंदा बच गया था. मुख्य विमान चालक पर गंभीर आरोप लगाये गए थे कि उसने विमान चलने के दौरान नशा किया था. इसी वजह से विमान दुर्घटना का शिकार हुआ. अब यह तो सभी जानते हैं एक व्यक्ति पर संगीन जुर्म लगता नहीं है की आधुनिक समाज उसे जघन्य अपराधी बनाने में जुट जाता है. मीडिया एवं सोशल मीडिया पर विरोधियों के द्वारा कई बातें फैलाई जाने लगी जैसे कि वह रिश्वतखोर है, लोगो से बदतमीजी करता है, नशा करना व गाली गलौच करना उसका पुराना शौक रहा है आदि .पुलिस कि जांच बैठा दी गयी जिसमे की विमान की कॉकपिट फुटेज में सब साफ़ साफ़ दिख रहा था. उसमे दिखा की विमान के लैंड

होने से पहले पायलट बेहोश हो गया. मामला काफी पेचीदा होता जा रहा था. इन सब चीज़ों से घबराकर पायलट ने अंततः राय साहब को कांटेक्ट किया. मिलने की तारीख व समय निश्चित होने के बाद उनकी मुलाकात हुई.

“मैं सच कह रहा हूँ, विमान दुर्घटना से कुछ वक्त पहले क्या हुआ, मुझे कुछ भी याद नहीं.” “हो सकता है की आपने गलती से ही किसी नशीले पदार्थ का सेवन कर लिया हो”. “मैं एक विमान चालक हूँ व इसलिए यात्रियों की सुरक्षा मेरा प्रथम कर्तव्य है, इसलिए ऐसा कुछ नहीं हो सकता. मैं एकदम आश्वस्त हूँ की विमान के अन्दर मैंने काफी सतर्कता बरती थी.” राय साहब को कुछ सूझ नहीं रहा था. फिर उन्होंने पायलट कि उसी दिन की जांच रिपोर्ट देखी. सिर्फ खून में नशीली चीज की मात्रा थी व और कुछ नहीं, बाकी सब सामान्य! जहाँ एक ओर मीडिया और पुलिस पूरी तरह अपने स्तर पर पायलट को दोषी ठहरा चुके थे, वहीं राय को यकीन था की दाल में कुछ काला है . उन्होंने फ्लाइट डिटेल्स निकली, सभी क्रू मेम्बर्स के बारे में जानकारी निकाली, फ्लाइट कहाँ से भारत के लिए उड़ान भरी व बीच में कहाँ-कहाँ रुकी इसकी डिटेल्स निकाली आदि. ऐसे पेचीदे केस कभी-कभी ही आते हैं. फिर उनके हाथ कुछ ऐसा लगा की उनकी सारी चिंताए ही दूर हो गयी. वे तुरंत दुबई के लिए रवाना हो गए. इस दौरान उन्होंने अपने क्लाइंट को कुछ जरूरी हिदायतें दी. इसी दौरान क्लाइंट की भी गिरफ्तारी हो गयी. दुबई पहुंचकर उन्होंने अपना भेष एक शेख का बनाया व एक बड़े होटल में ठहरने हेतु कमरा किराये पर ले लिया. कुछ दिनों बाद ड्रग तस्करी का मास्टरमाइंड सुलेमानी के पकडे जाने की खबर

सामने आई. स्वयं प्रमोद कुमार राय दुबई से उसे पकड़ वापस लाये. जब वे सुरक्षित विमान से भारत पहुँच गये तो एक प्रेस विज्ञप्ति जारी हुई, जिसमे यह बताया गया था की सुलेमानी ड्रग्स का बहुत बड़ा काला कारोबार, मिडिल ईस्ट से एशिया तक किया करता था. इसकी पहुँच भारत में दूर-दूर तक थी. लालच देकर व बहला फुसलाकर इसके लोग स्कूल कॉलेज के युवाओं को नशा बेचा करते थे.

मीडिया: आपने पक्के तथ्यों व सबूतों के साथ इसे पकड़ा कैसे?

राय: मैंने अपने जूनियर को इसके पीछे लगा रखा था. मुझे इसपर शुरू से ही शक था. पिछले एक साल में मेरे जूनियर ने इससे जान पहचान बढ़ा ली व एक दिन मौका देखकर हमने इसे धर दबोचा.

सुलेमानी: इन लोगो की किस्मत अच्छी थी की मैं पकड़ा गया वर्ना...

राय: (हँसते हुए) एक बात और आप लोग नहीं जानते.

मीडिया: क्या?

राय: वह मैं कोर्ट में बताऊंगा.

तारीख के दिन अपराधी पायलट को कोर्ट में पेश किया गया. पायलट की तरफ से बयान देने स्वयं राय भी आये थे. राय के विशेष आग्रह पर सुलेमानी को कोर्ट में पेश किया गया. “आप इस विषय पर क्या कहना चाहते हैं राय साहब. युवा नेता की मौत के पीछे सुलेमानी का हाथ है. स्पष्ट करें.” तब सारी फ्लाइट डिटेल्स सामने रखी गयी जिसमे स्पष्ट लिखा हुआ था

की रास्ते में फ्लाइट पाकिस्तान रुकी थी जहाँ से यहाँ तक का रास्ता मात्र आधे घंटे का है. वहीं पर पायलट जब सुस्ताने के लिए उतरे तो सलाद में बेहोशी की दावा मिला दी गयी. अगले २० मिनट में पायलट चलती फ्लाइट में बेहोश हो गया.

यह काम सुलेमानी के एक आदमी ने किया. दरअसल युवा नेता अमरकांत मिश्र ड्रग्स के खिलाफ भी अभियान छेडे हुए थे. सीधे-सीधे उन तक पहुंचना मुमकिन नहीं था, इसलिए यह तरीका अपनाया गया. फिर उन्हें जूनियर और सुलेमानी का ख़ुफ़िया ऑडियो/विडियो भी दिखाया गया. सुलेमानी ने भी इस बात को कबूल किया.

जहाँ एक तरफ पायलट बच गया वहीं दूसरी तरफ प्रमोद कुमार राय ने एक कुख्यात ड्रग तस्कर को भी पकडवा दिया था.

एक बहुत बड़ा सच

बंगाल के सबसे बड़े व्यापारी के घर से २० लाख रूपए की चोरी हो गयी. जिस समय चोरी हुई उस समय पूरा परिवार घर में सो रहा था और रहस्यमयी तरीके से सारे सीसीटीवी कैमरे भी कुछ रिकॉर्ड नहीं कर पाए. चोर ने एक भी ऐसा अवशेष नहीं छोड़ा था जिससे कि उस तक पहुंचा जा सके. सिर्फ उसके पैरों के निशान मिले जिससे किसी भी नतीजे तक पहुंचना बहुत मुश्किल था.

किसी करीबी ने व्यापारी सुन्दर लाल बक्श को जासूस प्रमोद कुमार राय से सहायता लेने का सुझाव दिया. वे भी हर तरफ से थक चुके थे व उन्होंने निश्चय किया कि वो सहयता करेंगे.

“अरे! बक्श जी! आइये. आपने खुद क्यों तकलीफ किया. मुझे बुला लिया होता. हाँ! आने की फीस अवश्य लेता! (दोनों हँसते हैं).” “आपको मेरा केस तो अवश्य ही पता होगा.” “जी हाँ मैंने इस विषय पर काफी सोच विचार किया व यह पाया की चोर काफी होशियार है. उसने लम्बे समय तक नज़र बनाए रखी और फिर मौका देखकर हाथ साफ़ किया. मुझे लगता है कि इस केस की उचित तहकीकात के लिए मुझे आपके घर आते जाते रहना होगा.” “अवश्य.” फिर दोनों ने नाश्ता किया और फिर व्यापारी चला गया.

अगले ही दिन उन्होंने अपने जूनियर को कुछ जरूरी हिदायतें दी व तहकीकात करने पहुँच गए. उन्होंने उनसे कई सवाल पूछे

जैसे की चोरी किस कमरे में हुई? उस रात दरवाज़ा टूटा हुआ था की नहीं आदि. निष्कर्ष इसका यह था की चोर खिड़की तोड़कर चोरी करने घुसा था. खिड़की के आसपास के इलाके को देखकर राय बोले-"चोर यह जानता था की खेत में पैरों के निशान भी लम्बे समय तक नहीं दिखेंगे. उन्होंने आसपास के होटल, रेस्तरां व घरों कि अच्छे से तलाशी ली परन्तु वहां कुछ भी नहीं मिला. क्योंकि उस समय महामारी फैली हुई थी, उन्होंने ट्रेवल हिस्ट्री खंगाली जिसमे यह साफ़ लिखा था की एक हफ्ते से किसी भी यात्रा का उल्लेख नहीं है .पुलिस का पहरा भी हर समय लगा रहता था. उनके दिमाग में जैसे बिजली कौंधी. उन्होंने व्यापारी के घर की छानबीन करवाई जहाँ से कुछ नहीं निकला. अब उन्हें अपनी सोच पर पूरा यकीन था. उन्होंने घर के पीछे वाला खेत खुदवा दिया. वहीँ पर बड़े बरगद के पेड़ के नीचे बीस लाख रूपए मिले. किसान को लगभग १००० रूपए का मुआवजा दिया गया.

व्यापारी बहुत खुश था की उसकी जमापूंजी उसे मिल गयी. उस दिन उनके घर पर दिवाली जैसा माहौल था. खुशियाँ मनाई जा रही थी. मिठाइयाँ खाई जा रही थी. पर अगले ही दिन कुछ ऐसा हुआ जिससे व्यापारी के पैर तले जमीन खिसक गयी. वह आश्चर्यचकित था. सुबह-सुबह पुलिसवाले उसके घर अरेस्ट-वारेंट लेकर आये व उसको ले गए. वह चिल्लाता रहा की वह गुनाहगार नहीं है लेकिन कोई फायदा नहीं हुआ.

पूरी पूछताछ करने पर पता चला की सरकार के ही कहने पर उसे गिरफ्तार किया गया है. उसने राज्य के उसे फ़साने के

आरोप में केस दर्ज करवा दिया व एक अच्छा वकील नियुक्त कर लिया पर उसकी एक न चली और उसे धोखा व चोरी के आरोप में लगभग दस साल की सजा सुना दी गयी.

व्यापारी सचमुच में गुनाहगार था लेकिन वह काफी ताकतवर था. उसे समझ नहीं आ रहा था की यकायक यह बातें सबूतों सहित सबके सामने कैसे आ गयी.

लगभग एक महीने बाद प्रमोद कुमार राय पूछताछ के किसी मसले से जेल आये. व्यापारी ने उन्हें देखा व अपनी आपबीती सुनकर मदद करने को आश्वस्त करना चाहा. तब जो राय ने कहा उसे सुनकर उसने अपनी गलती ही नहीं मानी अपितु माफ़ी भी मांगी.

राय: "उस दिन आपके घर पर चोरी मैंने ही किया था. मैंने इसे जानबूझकर अंजाम दिया था ताकि आपको मेरे पास आना ही पड़े. मैं उस समय आप पर सीधे-सीधे आरोप नहीं लगा सकता था धोखा व लूटमार की क्योंकि तब आप मुझे फंसा सकते थे. इसलिए मैंने यह रणनीति बनाई व इस मामले में आपको उलझा लिया, ताकि आपके साथ क्या होने जा रहा है, आपको पता ही न चले. दरअसल बंगाल सरकार ने आपको पक्के तौर पर पकड़ने हेतु पहले ही मेरी सेवाएँ ले ली थी क्योंकि उनके पास काफी मात्रा में आपके खिलाफ शिकायतें आ रही थी. क्योंकि आप भी कुछ ज्यादा ही समझदार हैं तो मुझे मुश्किल हो सकती थी इसलिए यह सब खेल किया. आपके घर में घुसकर व आसपास आपके रहकर मैंने वो सरे सबूत जुटाए जो आपको सजा दिलवाने के लिए उपयुक्त रहे." "तो मुझे मेरे बीस लाख रूपए लौटाएं क्यों?

“वह इसलिए क्योंकि वह आपके ही घर से तो मैंने चोरी की थी तो उसे लौटना तो बनता ही था. फिर आपके लिए भी तो केस सोल्व करना था(चोरी का केस जो व्यापारी ने प्रमोद कुमार राय के पास दर्ज करवाया था)! यह केस अंडरकवर अंजाम दिया गया और मुझे खुद को भी श्रेष्ठ साबित करना था. कई सारे रेस्तरों, होटलों व घरों में घूम-घूमकर आपके खिलाफ मैंने पर्याप्त सबूत इकट्ठे कियें.

व्यापारी को अपनी गलती का एहसास हो चुका था लेकिन अब काफी देर हो चुकी थी.

विचित्र किन्तु सत्य

राय साहब के परम मित्र व जांबाज इंस्पेक्टर राजेश अजीब मुसीबत में फंस गए थे. उनकी इकलौती बेटी जो कॉलेज ट्रिप पर दोस्तों के साथ गयी थी यकायक लापता हो गयी. पहली नज़र में तो यह अपहरण का मामला लग रहा था. जब पुलिस की एक टीम वहां तफतीश करने पहुंची तब पता चला की मामला इतना भी सीधा नहीं है.

रानी के दोस्तों के मुताबिक "हम लोग एक पुराने से दिखने वाले होटल में रुके. वहां का स्टाफ, केलिन्डर १९५०-१९६० के दशक का लग रहा था. केलिन्डर १९७० का था. हमने उनसे पूछा कि आपका होटल इतना पुराना क्यों लग रहा है तो उन्होंने जवाब दिया की उन्होंने ऐसा लोगो को आकर्षित करने के लिए किया है. यहाँ तक तो तब भी काफी कुछ सामान्य था. हालत तब बिगड़े जब हमने उनसे किराये के बारे में पूछा. किराया मात्र १०-१५ रूपए के बीच में था. अब पैसे थे तो हमने भी आनाकानी न करते हुए कमरे ले लिए. हालांकि हम सभी वहां नहीं रुके. रानी अपनी ५ सहेलियों के साथ वहां रुकी. पर अगले ही दिन जब हम वहां पहुंचे तो होटल भी गायब था और सभी लड़कियां भी. सिर्फ शीला वहां पर थी क्योंकि देर रात वह अपनी किसी सहेली से मिलने चली गयी. यकीन मानिए पूरे कॉलेज ने मिलकर जंगल का चप्पा-चप्पा छान मारा लेकिन कोई फायदा नहीं हुआ."

इंस्पेक्टर राजेश ने और देरी नहीं किया और यह केस लेकर सीधा प्रमोद कुमार राय के पास पहुंचे. राय भी केस सुनकर सकपका गए. भला रातोंरात इतना बड़ा होटल गायब कैसे हो गया.

अगले ही दिन वह निकल गए तहकीकात करने और तफतीश शुरू हो गयी. न कोई पैरों के निशान थे न ही किसी को मृत पाया गया. जंगल में सिवाय पशु पक्षियों के और कुछ भी नहीं. आसपास के पूरे १० किलोमीटर के इलाके को घेरकर तहकीकात किया गया लेकिन कोई फायदा नहीं हुआ. सिर खुजलाते हुए दोनों दोस्त वापस आ गए. उन्होंने उधर के इलाके के हर होटल-रेस्तरां के यात्रा डायरी, कमरों, तहखानो आदि की पूरी तलाशी ली. एक-एक घर की तलाशी ले ली, कोई फायदा नहीं हुआ.

"मैं एक जासूस होने के नाते इन बातों पर तबतक भरोसा नहीं करता जबतक कोई और चारा नहीं बचता. लेकिन मुझे लगता है की आपकी बेटी जरूर समय चक्र में फंस गयी है." कृपया विस्तारपूर्वक कहें".

समय में फंसने या टाइम लैप्स की कई घटनाये दुनिया में कई बार दर्ज की गयी है. यह किसी के भी साथ कभी भी घट सकता है. इसके होने का विज्ञान पूरी तरह से अभी तक किसी के समझ में नहीं आया है. "ऐसा आप किन आधारों पर कह रहे हैं?" ऐसा मैं इसलिए कह रहा हूँ क्योंकि दुनिया में ऐसी कई घटनाएं हैं जो विज्ञान पूरी तरह नहीं समझ पाया है जैसे

१.बरमूडा ट्रायंगल का रहस्य

२.हिसेंबेर्ग अनिश्चितता होने का रहस्य

३. टनल इफ़ेक्ट का रहस्य.

आदि. उन्ही में से एक यह भी है. मेरे ख्याल से ऐसा कभी-कभी संयोगवश हो जाता है. हालांकि हम यह नहीं कह सकते कि कुछ भी असंभव नहीं क्योंकि अभी हाल ही में एलियन वाला किस्सा- “हाँ-हाँ मुझे याद है.” “मित्र मैं बस यह कहना चाहता हूँ की तुम्हे जो भी सहायता पड़े मैं करूंगा, बस मेरी बेटी को वापस ले आओ.” चिंता मत करो, मैं हर संभव प्रयास करूंगा.

भाग २

अगले ही दिन वे अपने भौतिकी के विभिन्न यन्त्र जिनसे मैग्नेटिक फील्ड व इलेक्ट्रिक फील्ड नापी जाती है, उनको लेकर वहां पहुँच गए. उन्होंने एक डाटा तैयार व कुछ प्रयोग किये जिससे यह साफ़ हो गया की वहां अप्रत्याशित रूप से मैग्नेटिक फील्ड काफी ज्यादा था. क्योंकि वे भी भौतिकी व गणित से परास्नातक थे, इसलिए वे इन चीज़ों को समझ पा रहे थे. उनके दिमाग में तुरंत एक आईडिया ने जन्म लिया व उन्होंने स्पेस टाइम फैब्रिक को डिस्टर्ब करने वाले मशीन पर काम करना शुरू कर दिया. ऐसा कर उन्होंने एक टाइम होल का निर्माण किया जिससे वह किसी भी दिशा में समय की धरा में जा सकते थे. यह सब कुछ इतना अप्रत्याशित तरीके से हो गया कि वे खुद भी हैरान थे. लेकिन यह सच था. वे समय यात्रा का हल खोज चुके थे. आखिर उन्हें अपना केस जो सुलझाना था. हालांकि उन्होंने इस विषय में किसी को कुछ नहीं बताया व अपनी खोज आरम्भ की. जैसा हुलिया उस होटल का बताया गया था वैसे ही हुलिए का होटल उन्हें १९७० में मिला. जब वे लड़कियों के कमरे में पहुंचे तो वहां लड़कियां नहीं थी. हाँ, घबराकर वे बाहर जा चुकी थी. वे एक दिन पहले जाकर लड़कियों को नहीं खोज सकते थे क्योंकि तब वे समय यात्रा के दौरान समय के भंवर में फंस सकते थे और तब उनके लिए कठिनाई बढ़ जाती. इसके अलावा वे अपने साथ कई ऐसे लोगो

को भी लेकर आये थे जो कि अपना समयकाल १९७० का बता रहे थे.

सबसे पहले तो उन्होंने उन्हें विदा किया और फिर खोजी कुत्तों की मदद से लड़कियों को ढूँढ निकाला.

फिर वे समय में वापस आ गए.

हालत सामान्य हो चुके थे. जो कुछ भी हुआ वो एक विस्मयकारी और चमत्कारी घटना से कम नहीं था.

भाग ३

राय साहब की ख़ुशी का ठिकाना नहीं था. उन्होंने अपना मिशन जो पूरा कर लिया था. लेकिन समय यन्त्र को छिपाना उनके लिए संभव नहीं था.

इंस्पेक्टर राजेश ने पूछा कि इतना बड़ा आविष्कार उन्होंने किया किस तरह. उन्होंने जवाब दिया अपनी प्रतिज्ञा दोहराते हुए कि वे अपना मिशन पूरा करने के लिए किसी भी हद तक जा सकते हैं. यह तो भगवान् की कृपा है अथवा संयोग की यह आविष्कार उनके हाथों हुआ. हालांकि अब उचित यही होगा की सरकार को इस विषय पर बता दिया जाए व इस पेचीदे विषय को ... . तभी एक ज़ोरदार धमाके के साथ यन्त्र के साथ पोर्टल भी गायब हो जाता है. दोनों मित्र बेहोश हो जाते हैं. जब वे होश में आते हैं तो देखते हैं की उनके कीमती फ़ोन, रोलेक्स घडी, बेल्ट, जूते आदि सब गायब हैं. “मैं बेहोश होने से पहले इसी विषय पर कहने जा रहा था .” हालांकि वे दुर्गम पहाड़ी इलाके में थे लेकिन रात गहराते गहराते उन्हें PMO का फ़ोन आ ही गया. “हमें आपकी सख्त ज़रूरत है जल्द से जल्द मिले.” अगले ही दिन प्रमोद कुमार राय जांबाज़ इंस्पेक्टर राजेश को लेकर रवाना हुए. PMO पहुंचकर जब उनकी मुलाकात हुई तब का हाल उन्ही के शब्दों में:

PM: “हम परेशान हो गए हैं, कुछ समझ नहीं आ रहा है.

राय: क्या हुआ?

PM: यकायक बड़ी मात्र में जानवर जंगलों से गायब हो गए हैं. न ही उनके अवशेष बरामद हुए न ही उनके चिन्ह.

राय: आपने अच्छे से जांच कराई.

PM: हाँ तथ्य तुम्हारे सामने हैं. समझ नहीं आ रहा की ज़मीन खा गयी या आसमान निगल गया. परग्रहियों से भी हमारे अच्छे रिश्ते हैं.

राय: मुझे लगता है की मामला अलग ही है.

PM: क्या?

राय: वो मैं आपको अभी नहीं बता सकता.

PM: (खीजते हैं) मुझे जानना भी नहीं है. आप बस मामला सुलझाइए.

(मीटिंग खत्म)

"मेरी समझ से शिकारी हम से भी एक कदम आगे थे. पैसा कमाने के चक्कर में वे यन्त्र तो लेकर भाग ही गए और अज्ञानता के चक्कर में हमारे अस्तित्व पर भी संकट डालेंगे. मित्र, इस मामले में मुझे आपकी व मेरे जूनियर की बहुत ज़रुरत पड़ेगी. यह मामला ऐसा है की किसी को बताया नहीं जा सकता अन्यथा आरोप हम पर ही लगेगा."

उन लोगो ने फिर से एक यन्त्र का निर्माण किया व राय शिकारियों के यन्त्र चुराने के समय से पहले के समय में पहुँच गए व अपने टेंट में छुप गए. जो होना था सो हुआ. शिकारी आये व राय ने उनमे से एक को राजेश की मदद से मार गिराया

व उनके गिरोह के ही आदमी बन गए. राजेश को उन्होंने यह कहकर वहीँ छोड़ दिया की हमारे लिए यह जरूर भूतकाल है लेकिन इन लोगो के लिए यही वर्तमान है, इसलिए बचकर निकलने के लिए यहीं वापस जरूर आयेंगे. राजेश वहीँ ठहर गए व राय शिकारियों के साथ निकल गए. शिकारी चालाक थे, वे जानबूझकर ऐसे समय में गए जब शिकार पर कोई पाबन्दी नहीं थी. उस दिन राय ने उन्हें नहीं रोका. लेकिन वे उसी दिन को हर बार अलग जगह पर जाते व शिकार करते जिससे की कई जगह जानवरों की जनसँख्या को नुकसान पहुंचाया. ऐसा करके वो सोशल एक्टिविस्ट की नज़र से भी बच जाते क्योंकि वे बार-बार एक ही दिन जाकर शिकार करते. राय उनकी चालाकी समझ गए और सबूत सहित उनको पकड़ने की चाह में उनकी जानवरों के अवशेष के साथ फोटो खिंची. लेकिन उसी मौके पर बाकी शिकारियों ने उन्हें देख लिया. उनका मोबाइल वहीँ गिर गया.

“इसे वर्तमान में जाकर मारे या अभी मारे.” “अभी मार देते हैं, पकडे जाने का भी डर नहीं होगा”. पहली बार राय साहब ऐसी मुसीबत में फंस गए जब सिर्फ किस्मत उनके साथ थी. उनके साथ न इंस्पेक्टर राजेश थे, न ही उनका जूनियर. शिकारियों ने अगले पूरे दिन उन्हें भूखा रखा व रात में का गोश्त खाते हुए उन्हें चिड़ाने लगे. उन्होंने खूब सारी शराब भी पी व सुबह से भूखेप्यासे राय को भी जबरदस्ती ढेर-सारी शराब पिला दी. इससे शराब का असर उन पर काफी तेजी से हुआ, और वे बेहोश हो गए.

अगली सुबह जब वे उठे तो उन्होंने अपने आपको अपने कालखंड में एक अस्पताल में पाया. क्योंकि उन्हें कोई व्यसन नहीं था इसलिए शराब ने उनके स्वस्थ्य पर काफी असर डाला. उनके पेट व सिर में काफी तेज दर्द हो रहा था जिसके बाद उन्हें खूब खून की उल्टियाँ भी हुई. हालांकि ग्लूकोस दिए जाने के बाद उनके शरीर में कुछ जान आई.

"आखिर मैं बच कैसे गया? "मेरे पास तो कोई बैकअप प्लान तैयार नहीं था". तब राजेश बोले-"जब आप उस रात वापस नहीं लौटे तो मैं काफी चिंतित हो गया था. मन में कई सारी आशंकाए थी. कोई ट्रैक रिकॉर्डर भी मेरे पास नहीं था कि पता लगा सकूं की किस काल खंड में आप कहाँ हैं. फिर शिकारी भी उस दिन वापस नहीं लौटे. मैं हमारे समय में वापस गया और वहां से जूनियर को लेकर उस वर्तमान में गया जहाँ से आप शिकारियों का पीछा करने निकले थे. फिर हम सभी आपके गायब होने के एक दिन पीछे पहुँच गए. आपको याद होगा की आप रोज बताते थे की शिकारी कब कहाँ जायेंगे. एक दिन पहले वाली जगह इसलिए गए क्योंकि संभव था की उसी कालखंड में शिकारी आपको मारने के लिए किसी दूसरी दिशा में ले गए हो. जासूस आप हैं, हम नहीं हैं और इसलिए हम आपको ढूंढ भी नहीं पाते. आपको पकडे जाने तक हमने सब कुछ देखा व उसकी आप ही के मोबाइल द्वारा वीडियोग्राफी किया. मैंने सोचा की पुलिस बल बुला ले लेकिन कोई फायदा नहीं था क्योंकि हमारे समय की तरह उस समय में मोबाइल टावर नहीं हुआ करते थे. फिर हमने आपको मिलकर बचा लिया. सबूत पर्याप्त थे, व इसलिए बदमाशों को भी सजा मिल गयी.

भाग ४

यन्त्र की हिफाज़त हेतु एक टास्क फा◌ॅर्स बनाया गया व समय पुलिस बल का गठन किया गया जो इन कार्यों के लिए समर्पित थी.

साज़िश का पर्दाफाश

राय साहब का हमेशा से मन रहा की कभी-कभी कुछ कार्य (अपने आप को मुसीबत में न डालते हुए) समाजसेवा हेतु भी किया जाए. इसी कड़ी में उनका एक रोचक किस्सा इस प्रकार है.

राय साहब अपने आवास के आसपास पूरी नज़र रखते थे. आखिर यह उनकी ज़िम्मेदारी भी थी और कर्त्तव्य भी था. पिछले एक महीने से उनकी बहन लगातार उन्हें इलाके की अलग-अलग दुकाने जैसे परचून, रोजमर्रा के सामान वाली दुकानों के बंद होने की खबरे बताती थी. यह तो सभी जानते हैं की छोटे शहरों में गली-गली में एक दुकान मिलती है. यह असाधारण तो था लेकिन उन्होंने ज्यादा ध्यान नहीं दिया. लेकिन कुछ ही दिन जब उनकी मुलाकात अपने इन दोस्त, साथियों से होती तो वे उनको हताश व निराश पाते थे. मानों वे कुछ छिपा रहे हों. हालाँकि उस समय सरकार ने प्रतिभा के आधार पर आसानी से नौकरी देने का प्रोग्राम चलाया हुआ था, सो उन्हें लगा की शायद उधम को इन्होने उसी नौकरी को पाने हेतु छोड़ा. लेकिन छह महीने बीतते बीतते उस इलाके में बेरोज़गारी बेतरतीब ढंग से बढ़ने लगी. राय साहब को अंदेशा हुआ की कुछ गलत हो रहा था पर क्या गलत हो रहा था यह उनकी समझ नहीं आ रहा था.

उन्होंने फैसला किया की कुछ करना चाहिए. जब नवयुवक रमेश ने भी अपनी रोजमर्रा की चीज़ों की दूकान बंद कर दी तो राय

ने उसे एक दिन घर बुलाया. "तुम मुझे अब जो मैं पूछूंगा उसका जवाब निः संकोच होकर बताओगे, तुमने व्यापर क्यों छोड़ा?." वह सरकारी नीति जो आई है उसकी वजह से." "सच-सच बताओ." (सकपकाते हुए) सच में यही कारण है." फिर राय साहब ने उसके कान में कुछ बोला जिसके बाद वह पूर्णतः आश्वस्त हो गया, और बोलना शुरू किया:

"छह महीने पहले इस इलाके में विमल रस्तोगी नाम का एक नामी व्यापारी आया. पहला महीना तो सामान्य गुजरा लेकिन दूसरे महीने की पहली तारीख पड़ते ही कुछ आदमी आये और हफ्ता मांगने लगे. पूछने पर बाताया की वे रस्तोगी के आदमी हैं. क्योंकि ग्राहकी का समय था तो हमने उसे पैसे दे दिए. लेकिन वे हर हफ्ते में एक बार आते. हम सब ने आवाज़ उठाने का फैसला किया व उनके अगली बार आते ही हम में से किसी ने भी उसे हफ्ता नहीं दिया. वे लोग हमें चेतावनी देकर चले गए व उसी रात कुछ छोटी इलाके की दुकानों में आग लगने की खबर आई. हम लोग पहले से ही डरे हुए थे. आखिर कौन हमारी सुनता, किसके पास जाते. फिर हमें आपका ख्याल आया लेकिन यह सोचकर नहीं आये की कहीं ऐसा करके हम अपने परिवारवालों को ही मुसीबत में ना डाल दे. अंत में हम लोगो ने फैसला किया की एकसाथ इकट्ठे होकर उनसे मिलने जाया जाए. रात का समय तय किया गया. एक आदमी के द्वारा उनके पास मिलने की सूचना भी पहुंचा दी गयी. अगली ही रात हम सब उनसे मिलने पहुंचे, व उनसे इन सब का कारण पूछा. उन्होंने जो जवाब दिया उसे सुनकर हमारे रौंगटे खड़े हो गए. उन्होंने कहा की जब मैं यहाँ नया-नया व्यापार चालू किया तो

धंधा काफी मंदा चल रहा था, तब पता चला कि क्योंकि हर गली में एक दो दुकाने हैं इसलिए ज्यादातर लोगो को तो हमारी दुकान के विषय में कुछ पता भी नहीं था. क्योंकि मेरा रौब है और मैं नहीं चाहता की मेरे सम्मान में कोई कमी आये इसलिए मैंने फैसला किया की...तुमलोगों ने वैसे भी सुना होगा की अगर सीधी ऊँगली से घी न निकले तो ऊँगली टेढ़ी कर लो और तब भी न निकले तो...हा-हा-हा. जो करना है कर लो. उसकी बातों से साफ़ पता चल रहा था की हमारे इलाके में व्यापर चमकाने हेतु वह किसी भी हद तक जा सकता था. हाँ उसे यह भी नहीं पता था की आप यहाँ रहते हैं वर्ना यह ज़िक्र ज़रूर करता. हाँ यह बात ज़रूर अटपटी है की आप जैसे जासूस का वह घर नहीं जानता." प्रमोद कुमार राय ने उसे चिंता न करने की सलाह दी और उसे आश्वासन दिया की वे सब जल्द ठीक कर देंगे.

"भाई, आप करेंगे क्या?". "सीधे-सीधे कुछ भी करना मुसीबत को आमंत्रण देना है. "उन्होंने उसे उन्ही की भाषा में जवाब देने का निश्चय किया. इसके आलावा वे बेरोजगारों के लिए भी कुछ करना चाहते थे. उन्होंने अपने जूनियर जासूस को कुछ हिदायत दी व जो सोचा था उसे करने में लग गए.

लगभग १ महीने रस्तोगी ने महसूस किया की धंधा फिर मंदा हो रहा है. वह हर हालत में वजह जानना चाहता था. उसने अपने आदमी दौडाए. "आजकल यहाँ पर एक गृह उद्योग सुपरमार्ट खुला है जो हमारी दुकान से भी कई गुना बड़ा है. लोग आजकल वहीं से खरीददारी कर रहें हैं. रस्तोगी ने फैसला किया की शक्ति से मामला निपटाया जाए. वह उसी शाम अपने

ताकतवर आदमियों को लोहे की मोटी, कंटीली रॉड के साथ मार्ट में पहुंचा तो भौचक्का रह गया. स्वयं उस इलाके का सीनियर इंस्पेक्टर राजेश मार्ट के मालिक के साथ कॉफ़ी पी रहा था. दुकान का मालिक देखने में काफी हट्टा-कट्टा था व उसके आसपास करीब चार-पांच अंगरक्षक बन्दूक लेकर तैयार थे. राजेश के साथ स्वयं कुछ पुलिसवाले थे. रस्तोगी आया तो ताव में था लेकिन यह सब देखकर बैठकर बातें करने का इच्छुक हो गया. "आपके मार्ट की वजह से मेरा काम खतरे में है. आप तो बड़े व्यापारी हैं. क्या कहीं और." "देखिये हम यहीं व्यापार करेंगे. हमें किसी के व्यापार से कोई लेना देना नहीं है." फिर उसे नज़रंदाज़ करते हुए वो इंस्पेक्टर से अपने कारोबार के सिलसिले में बातें करने लगे."

बाहर निकलते हुए रस्तोगी बोला "सेर को सवा सेर, बातचीत का कोई फायदा नहीं है. वह हम से ज्यादा शक्तिशाली है. नुकसान सहकर कारोबार करना भी घाटे का सौदा है. बेहतर होगा, कारोबार समेट लें. अगले एक महीने के भीतर ही उसकी दुकान बंद हो गयी.

सुभाष पार्क में बड़ा आयोजन हो रहा था. मुख्य अतिथि प्रमोद कुमार राय व इंस्पेक्टर राजेश थे. दोनों का सम्मान हुआ और उनसे पूछा गया कि आखिर उन्होंने यह सब किया कैसे?

"अभी हाल ही में मैंने वह बिल्डिंग खरीदी थी जिसे हम सभी ने मार्ट में बदल दिया. इसमें हमारे व्यापारी साथियों ने काफी मदद की. इसमें इंस्पेक्टर राजेश मेरे साथ शामिल थे. फिर यहाँ का मशहूर व स्थानीय कलाकार सौरभ शुक्ला से हम दोनों ने

मिलकर सहयोग के लिए मार्ट का मालिक बनने का आग्रह किया. वे सहर्ष तैयार हो गए. कुछ और तंदरुस्त कलाकारों को आमंत्रित किया गया जिन्होने कि अंगरक्षकों का रोल किया." राजेश ने टोका-"पुलिस असली थी!". सभी हंसने लगे. "दरअसल यहाँ पर कमाल डर ने किया. अक्सर एक बड़ी लकीर को छोटी करने के लिए हमें उससे भी बड़ी लकीर खींचनी पड़ती है. बस हमने भी यही किया. मार्ट का सारा कारोबार हमारे अलग-अलग परिस्तिथियों में बेरोजगार हुए साथी चला रहे थे व आज मैं इस मार्ट को उन्ही साथियों को सौंपता हूँ! बस समय-समय पर मुझे रेंट देते रहिएगा. वैसे आप सब एक मॉल खोलना ही चाहते थे.(सभी हँसते हैं).

विश्वासघात

जन्माष्टमी का पावन पर्व आ चुका था. हर और हर्षोल्लास और उमंग का माहौल था. देशभर में जगह जगह गोविंदा की टोलियाँ मटकी फोड़ रही थी. उस दिन श्रीकृष्ण जैसे अपने नटखट मित्रों के साथ धरती पर आ गए थे.

पर एक हफ्ता बीतते-बीतते बड़ी मात्रा में सोने की चीज़े, गाडी आदि बड़ी मात्रा में महाराष्ट्र, गोवा व तमिलनाडु से चोरी होने की ख़बरें आयीं. एकदम से इतनी चोरियां होना आश्चर्य की बात थी. यह मामला अब एक राष्ट्रीय मामला बन चुका था. अब इसकी ठीक तरह से जांच जरूरी हो गई थी. इसको आतंकवादी गतिविधियों से भी जोड़कर देखा जा रहा था. पहले तो अलग-अलग राज्यों की पुलिस इस जांच को देख रही थी लेकिन जब मामला और तूल पकड़ने लगा तो राष्ट्रीय स्तर पर एक इन्वेस्टीगेशन टीम बनाई गयी. क्योंकि प्रमोद कुमार राय उस समय परग्रहियों के साथ जरूरी मीटिंग में हिस्सा लेने गए थे इसलिए फैसला लिया गया की इन्वेस्टीगेशन टीम में इंस्पेक्टर राजेश को हेड बनाया जाए. इसके कई महत्त्वपूर्ण कारण थे. इंस्पेक्टर राजेश जांबाज थे. उनका रिकॉर्ड अच्छा था. इसलिए उन्हें यह महत्त्वपूर्ण जिम्मेदारी दी गयी. क्योंकि पहली नज़र में यह एक बड़ी आतंकवादी साज़िश लग रही थी इसलिए सुरक्षाबलों को भी हाई अलर्ट पर रखा गया था.

कुछ दिनों बाद इंस्पेक्टर राजेश की अगुवाई में पहली टीम महाराष्ट्र पहुँच गयी. बाकायदा प्लान तैयार किये गए. समझ

नहीं आ रहा था की शुरुआत कहाँ से करें. सीसीटीवी खंगाले गए लेकिन कुछ नहीं मिला. लोगो से पूछताछ की गयी कि कोई संदिग्ध आसपास दिखा तो नहीं. लेकिन कोई संतोषजनक उत्तर समझ में नहीं आ रहा था. हालांकि कुछ चोरी की गयी गाड़ियों को ढूंढ लिया गया था पर ऐसा कुछ पता नहीं चल पाया था जिससे किसी निष्कर्ष पर पहुंचा जा सके. अचानक से इतनी मात्रा में सोना, नगद रूपया आदि चोरी होने का राज समझ में नहीं आ रहा था.

“मैंने एक बात अपने मित्र राय से सीखी है की जब कुछ भी समझ नहीं आ रहा हो तो जिस प्रकार गणित में औसत निकला जाता है उसी प्रकार जमीन पर उतरकर एक औसत खांचे के अनुरूप कार्य करना शुरू करना चाहिए. टीम के पास इसपर अमल करने के आलावा और कोई तरीका था भी नहीं.

अगले ही दिन से लोगो के घरों में जाकर पुलिस पूछताछ करने लगी. खासकर उन घरों में जहाँ चोरी की वारदात हुई थी. शुरू में तो कुछ समझ नही आया लेकिन तीन दिन बीतते-बीतते मामला हाथ में आने लगा.

कुछ मुख्य बिंदु इस प्रकार थे.

१. ज्यादातर चोरियों का पता जन्माष्टमी मनाने के बाद चला.

२. त्योहार मनाने के बाद कई घरों से छोटी-मोटी लेकिन महत्त्वपूर्ण वस्तुएं गायब मिली.

३. त्यौहार के समय कई जगहों पर (जहाँ बड़ी मात्रा में चोरियां हुई) लोगों के घरों में बिजली जाने की खबरे आई.

“यह तीसरा बिंदु महत्त्वपूर्ण है. मैंने पता लगवाया की क्या उस दिन बिजली विभाग की तरफ से बिजली काटी गई थी तो उत्तर में ज्यादातर जगहों पर नहीं जवाब मिला. फिर लोगो का बेहोश हो जाना. एक और अजीब बात हाथ लगी है. कई जगहों पर घरेलु सीसीटीवी कैमरे छतिग्रस्त पाए गए हैं. लगता है कोई बहुत बड़ी साज़िश के तहत यह सब किया गया है. सबसे बड़ी बात तो यह है की बाते सुनाने में इतनी साधारण है की कोई इन बातों को अधिक सावधानी से भी नहीं लेगा. लेकिन खाका तैयार करने से पैटर्न का पता लग गया. अब मुद्दा यह है की समूह को पकडे कैसे. हाँ यह बात बाहर नहीं जानी चाहिए वर्ना फिर पकड़ना मुश्किल हो जाएगा. लगता है ज़मीन से ही इसकी भी तहकीकात करनी होगी. एक बहुत अच्छा उपाय है. फिर राजेश ने सभी को वे बातें बताई. सुनकर सभी ने ताली बजाई. उनकी आँखे चमकने लगी. हालांकि कुछ लोग संशय में थे.

और लगभग १ से २ हफ्ते के भीतर इस समूह को पकड़ लिया गया. इस उपलब्धि पर कोई भी चुप नहीं था. देशभर में जगह-जगह पुलिस के कार्य कि प्रशंसा हो रही थी. “आपने इन्हें पकड़ा किस तरह. जिस तरह से आपने यह मामला खोला था हमें तो कुछ हल समझ ही नहीं आ रहा था.” “आपने शायद ध्यान नहीं दिया है की बड़ी मात्रा में सोसाइटी में चोरी हुई थी. उन जगहों पर हर आने जाने वालों का पूरा रिकॉर्ड रखा जाता है. इस बात का हमने फायदा उठाया. हमने चोरी हुई सभी जगहों पर जन्माष्टमी व उसके तीन चार दिन में जो-जो लोग आये उनकी जानकारी निकाली. तब पता चला कि एक गोविंदा की टोली थी जो की हर सोसाइटी में चोरी करते हुए पकड़ी गयी. वे लगभग

हर रात अपना ठिकाना बदल लेते और अगले दिन फिर चोरी के लिए तैयार रहते थे. तभी तो आसपास के अलगअलग शहरों से काफी मात्र में चोरी की वारदातें सामने आई थी. एक बात और महत्त्वपूर्ण थी. चोरी की जगह कुछ इस तरह चुनी गयी थी की एक-एक दिन के अंतराल पर मटकी फोड़ने का कार्यक्रम अलग-अलग जगह पर हो. आपके मन में यह शंका आ सकती हैं की मटकियाँ तो जन्माष्टमी के दिन ही फूटती हैं तो मैं आपको बताना छठा हूँ की कई जगह पर विधिपूर्वक एक, दो, तीन, चार, पांच या छह दिनों तक कार्यक्रम होने के बाद मटकी फोड़ने का कार्यक्रम रखा जाता है. उसी का इन लोगों ने फायदा उठाया. यह कोई इत्तेफाक नहीं था. बाकी का काम बहुत आसान था. हमने लोगो से पूछताछ किया तो पता चला की बड़े-बूढों को प्रसाद देने या चीयर करने के बहाने वे लोगों के घरों में घुसे थे. कार चोर कुछ लोग जो मिले थे, उनमे से कुछ पूछताछ किया गया तो उस टोली के भी सदस्य पाए गए."

इंस्पेक्टर राजेश व उनकी टीम की खूब तारीफ हुई.

एक अजीब पहेली

प्रमोद कुमार राय लगातार अपने घर में इधर-उधर चक्कर लगा रहे थे. इस समय उनके साथ सिर्फ उनकी बहन घर पर थी. "भाई आखिर क्या कारण है की तुम इतने परेशान हो. जब से आये हो तब से इतने हैरान-परेशान से दिख रहे हो. अब रात हो चली है और दोपहर में आने के बाद से तुमने ढंग से खाना भी नहीं खाया." "बात ही ऐसी है. KC-४४१ गृह से लौटते हुए हमने फ्रांस में लैंडिंग किया. वहीँ पर एक अजीब वाकया हुआ है. पाब्लो-डी-सूजा नाम के एक खरबपति के घर से ५० करोड़ यूरो का एक चित्र चोरी हो गया है. चित्र भी काफी सुन्दर है. वह एक सुन्दर झरने का चित्र है जिसमे तीन चार लोग झरने के पास पिकनिक बनाते हुए देखे जा सकते हैं. उसी के साथ उसने एक केस भी दर्ज कराया है जिसके अनुसार उसके हंगार(गौशाला) की देखभाल करने वाला व्यक्ति गायब है. वह काफी बुजुर्ग था और रातों-रात गायब हो गया. उसका कहना था की उसके पिताजी के ज़माने से वह व्यक्ति वहां काम कर रहा था." "तब तो आप अवश्य वहां जायेंगे." "नहीं, वहां कि पुलिस इसकी तफतीश कर रही है और उन्होंने मुझे कहा है की अगर जरुरत पड़ी तो मुझे अवश्य बुलाएँगे." "जब जरूरत पड़ेगी तब की तब सोचिएगा. अभी तो आप खा पीकर आराम से सो जाइये.

अगले ही दिन एक बुरा समाचार आया. उस बुजुर्ग का मृत शरीर कब्रिस्तान में कुछ कब्रों के पास टेक लगाया हुआ मिला.

उन्हें बताया गया की अब उनकी ज़रुरत पड़ चुकी है और वे वहां आये. राय साहब उसी शाम निकल पड़े.

फ्रांस पहुँचने के बाद कुछ समय का उन्होंने विश्राम किया और फिर श्रीमान पाब्लो के घर एक दुभाषिये को लेकर पहुँच गए, क्योंकि वे फ्रेंच नहीं जानते थे. उनके साथ वहां का एक सीनियर ऑफिसर भी था. "आप जो भी कुछ फ्रैंक के विषय में जानते हैं मुझे बताने का कष्ट करें." "फ्रैंक एक सच्चा सेवक था. मुझसे उम्र में काफी बड़े थे. हालांकि वे काफी गंभीर स्वाभाव के थे व इस वजह से उनकी निजी जिंदगी के विषय में मैं कुछ भी नहीं जानता." "उन्होंने कभी भी कुछ भी आपको बताया हो." "हाँ एक बार उन्होंने आपको बताया था कि वे अपने पिता से बहुत प्यार करते हैं." "अब कृपया उस चित्र के विषय में कुछ बताइए." "इस चित्र का भी इतिहास यही है की यह मेरे पिता के समय से ही हमारे पास है. मैं मानता हूँ की यह बहुत सुन्दर है लेकिन मेरे लिए कूड़ा थी. मैं इसे सौ करोड़ तक में बेचना चाहता था." "रोसी -दी-सूजा जो श्रीमान पाब्लो की पत्नी थी ने कहना शुरू किया "कुछ दिनों से फ्रैंक कुछ परेशान से थे. क्योंकि यह व्यवसाय के सिलसिले में बाहर रहते थे लेकिन मैंने गौर किया था की पिछले एक महीने से वे काफी परेशान थे." "क्या उनकी कोई निजी समस्या? नहीं-नहीं सिर्फ वही अपने परिवार में जीवित थे. अच्छा मित्र को बेचने के विषय में कुछ बता सकते हैं. हाँ, लगभग एक महीने पहले खाना खाते वक्त मैंने चित्र बेचने का बात किया था." कुछ और बताइए. "वे यहीं रहते थे. उनका खाना पीना भी यहीं होता था. मेरे पिताजी के समय से ही वो वहां रह रहे थे." "धन्यवाद".

राय: मुझे लगता है कि इस चित्र और फ्रैंक का चक्कर आपस में मिला है.

जोसफ(पुलिस अफसर): आप भी कैसी बातें कर रहें हैं. भला एक बुजुर्ग का चित्र से क्या काम.

राय : तुमने देखा कि दोनों की कहानियां कितनी मिलती हैं. एक महीने पहले ही चित्र बेचने की बात हुई और एक महीने पहले से ही वह भी परेशान रहने लगा. दोनों एक ही दिन एकसाथ गायब हुए.

जोसफ: मुझे लगता है की यह मात्र संयोग है सर.

राय: आपकी जांच में क्या सामने आया?

जोसफ: जहाँ पर चित्र टंगा हुआ था वहां पर कोई भी पांच फीट या उससे ऊँचा आदमी पहुँच सकता था. चित्र करीब ७० से ८० वर्ष पुराना है. इसका चित्रकार अज्ञात है. कोई नहीं जानता की किसने यह चित्र बनाया.

राय: यह बातें तो इस केस को और विचित्र बनती है.

जोसफ: चित्र के आसपास बुजुर्ग व्यक्ति के पैरों के निशान मिले हैं दरवाजे की तरफ जाते हुए. लेकिन उसमे कोई रहस्य नहीं. उसका आना जाना लगा ही रहता था.

राय: क्या मैं एक बार उन पैरों के निशान को देख सकता हूँ.

जोसफ: जरूर.

अगले दिन वे वहां पहुंचे व पैरों के निशान देखने लगे. निशान धुंधले पड़ चुके थे. उन्होंने उनकी खिंची हुई तस्वीर देखी तो

उन्हें देखकर लगा की फ्रैंक पैर जमाकर कुछ देर एकदम फ्रेम के सामने खड़ा रहा होगा. तुरंत घर के दूसरे नौकरों को बुलाया गया. व फ्रैंक घर में क्या करता था यह पूछा गया. तब एक बात सभी डॉक्टर के मुंह से सुनी गयी की फ्रैंक अक्सर उस चित्र के सामने खड़ा रहकर कुछ मिनट तक अपलक उसे निहारा करता था.

जोसफ: लगता है उन्हें यह काफी अच्छी लगती थी.(हँसते हुए) कहीं उन्होंने ही तो चित्र नहीं चुराया.

राय मन ही मन संकल्प कर चुके थे की फ्रैंक का पूरा इतिहास ढूंढ कर रहेंगे. हालांकि यह कार्य वह अकेले करना चाहते थे क्योंकि वे तथ्यों के अनुसार चलना चाहते थे. उन्होंने २ से ३ दिन का आराम यह कहकर लिया की वे कुछ बीमार हैं और मास्क पहनकर लोगो के विषय में जानकारी रखने वाले विभाग में पहुँच गए. पहले तो वे यह कार्य अकेले करना चाहते थे पर न उन्हें भाषा आती थी न ही वे किसी मुसीबत में पड़ना चाहते थे इसलिए उन्होंने साथ में जोसफ को ले लिया था. हालांकि जोसफ लगातार यही कह रहा था की वे जांच में गलत दिशा में जा रहे हैं. वहां पर उन्होंने पाब्लो-दी-सूजा के परिवार के विषय में पता किया तो पता चला की पाब्लो के पिता लेओनार्दो थे जों की बहुत अमीर व्यक्ति थे. वे अपने सभी काम करने वालों साथियों के विषय में सारी बातें अपने पास सहेज कर रखते थे. तब उनके यहाँ कार्य किये सभी रजिस्टर्ड लोगो की लिस्ट उन्हें मिली. उन सभी लोगो के परिवार के विषय में ऑफिस के जरिये उन्होंने पता किया कि जाफरी-रोज नाम के

एक नौकर के बेटे का नाम फ्रैंक निकला. हालांकि ज्यादा परेशानी की बात नहीं थी क्योंकि फ्रैंक नाम का सिर्फ एक ही व्यक्ति था. राय ने तुरंत उसके पैत्रिक गाँव के विषय में पता किया व रवाना हो गए. अब यह सब औपचारिक हो चुका था. जोसफ भी साथ में था. फ्रैंक को तो ज्यादातर लोग जानते नहीं थे लेकिन जब उनके पिता का नाम लिया गया तो लोगो ने उन्हें एक टूटे झोंपड़े का रास्ता दिखाया, और कहा कि वहां एक बुजुर्ग औरत रहती है. वहीं आपको कुछ बता सकती है क्योंकि गाँव में सबसे बुजुर्ग वही है.

श्रीमती रोज: (सुबकते हुए) ओह, मेरा बेटा मर गया. हाय मैं न उसका बचपन देख पायी न जवानी न बुढ़ापा.

राय : माँ जी कृपया विस्तार से कहें.

रोज: श्रीमान रोज मेरे पति थें. सामाजिक ऊंच-नीच के कारण शादी के पांच साल बाद हमें तलाक लेना पड़ा. तब तक फ्रैंक पैदा हो चुका था. वह भी उन्ही के साथ रहता था. बस मुझे फिर इतना ही याद है की एक साल बीतते-बीतते वे हमेशा के लिए मुझे छोड़कर अपने बेटे के पास पेरिस चले गए. उनके आखरी शब्द यही थे की जब मैं एक सफल चित्रकार बनूँगा तभी लौटूंगा.

राय: क्या उनकी मौत के बाद उनका पार्थिव शरीर गाँव लौटा?

रोज : जी नहीं. उनकी मौत की खबर भी मेरे एक निकट सम्बन्धी ने ही दिया था जो अब इस दुनिया में ही नहीं है.

राय : मुझे लगता है की एक बार कब्रिस्तान में देख आते हैं. मुझे लगता है कि कुछ अवश्य पता चलेगा.

जोसफ: देखने में कोई हर्ज नहीं.

कब्रिस्तान पहुंचकर उन्हें जहाँ फ्रैंक का शव मिला था उसके आसपास ही तलाशी लेने पर उन्हें श्रीमान रोज की कब्र दिखाई दी. वहीं पर छुपा कर रखा हुआ चित्र भी मिल गया. लेकिन चित्र, फ्रैंक व रोज के बीच क्या सम्बन्ध था वो इतिहास के पन्नों में दर्ज एक अबूझ पहेली बनकर रह गया था. लेकिन राय भी हार मानने वालों में से नहीं थे. चित्र के नीचे बारीक-बारीक रोज लिखा हुआ था. राय की चाल में अब एक गजब की तेजी आ गयी. वे फिर हवेली पहुंचे और नौकरों के विषय में उनके पिता के विषय में व चित्र के विषय में पाब्लो से पूछने लगे. पाब्लो ने साफ़ कहा की इस विषय में वो कुछ नहीं जानता. हाँ उसने यह अवश्य बताया की उसके पिता चित्र प्रेमी थे. राय ने कहा की क्या उनके घर में कोई बुजुर्ग है. तब पता चला की पाब्लो की माँ जीवित है. जब राय और जोसफ माँ के सामने पहुंचे तो माँ जोर जोर से रोने लगी और कहने लगी-"बुरा काम एक न एक दिन वापस लौटकर ज़रूर आता है." फिर उन्होंने बताना शुरू किया.

"रोज एक चित्रकार था जिसे चित्र बनाना अत्यंत पसंद था. वह हालाँकि अपने व्यवसाय में कभी सफल नहीं हुआ इसलिए काम मांगने इनके पास आया. इन्होने इसे काम पर रख लिया. इनकी आदत थी की किसी भी आदमी को काम पर रखने से पहले आदमी की जांच परख करते थे. इसी सिलसिले में वे उसके घर

गए तो उन्हें वह चित्र दिखा. उस चित्र ने उनका मन मोह लिया. वह चित्र के लिए मुह माँगा धन देने को तैयार थे लेकिन रोज चित्र नहीं बेचना चाहता था. पर इन्होने भी शक्ति का इस्तेमाल किया और चित्र को हथिया लिया. रोज की बुढ़ापे के कारण मौत इसी घर में हुई थी और विधिपूर्वक उनका दाह-संस्कार किया गया था और कब्रिस्तान में दफन कर दिया गया था. मैं भी अभी छह महीने की बिमारी से जागी हूँ, जो भी हुआ उसका पश्चाताप हमेशा रहेगा.

अनोखा केस

श्रीमती रोसी वाटसन की नागरिकता भारत की थी जब की वह इंग्लैंड से थी. आज से २०० साल पहले उनका परिवार भारत शिफ्ट हो गया.

जब से श्रीमती वाटसन नए घर में शिफ्ट हुई थी तब से बड़ी परेशान थी. दरअसल उनके घर में रोज उठा पटक और दूसरी अजीबोगरीब चीज़े हो रही थी. कभी उनकी साड़ी बच्चों के अलमारी में पड़ी मिलती तो बच्चों की किताबें उनकी अपनी अलमारी में. कई बार अजीब चीज़े जैसे ब्रेड, अंडे आदि उनके बिस्तर के पास रहस्यमयी स्तिथि में मिलते. उनका भूत-प्रेत में बिलकुल भी विश्वास नहीं था लेकिन यह सभी घटनाएं उसी और इशारा कर रही थी.

जिस घर में श्रीमती वाटसन अपने परिवार सहित शिफ्ट हुई थी वह एक प्लाट पर बनवाया हुआ घर था. अंत में उन्होंने चर्च से मदद लेने का फैसला किया. पूर्णिमा के दिन एक पादरी के साथ आत्मा के साथ नियंत्रित स्तिथि में वीजा बोर्ड के द्वारा संपर्क साधने की कोशिश की गयी. कुछ देर बाद संपर्क हुआ लेकिन आत्मा ने किसी भी सवाल का जवाब न देते हुए सिर्फ दो बाते कही की वह बहुत परेशान है और सिर्फ प्रमोद कुमार राय से मिलना चाहता है. सब भौचक्के थे. निर्णय लिया गया की ठीक है हम इन दोनों के मिलने का निम्मित बनेंगे. लेकिन सिर्फ फ़ोन करके उन्हें कोई बुलाना नहीं चाहता था. कारण यह था की हो सकता है की उन्हें पागल समझ लिया जाए या समय

की बर्बादी मान लिया जाये और इस कारण वो आये ही नहीं. इसलिए चर्च ने खुद एक आधिकारिक पत्र जारी किया व राय साहब के घर भेज दिया.

“चर्च की तरफ से चिट्ठी.” फिर कौतूहल पूर्वक जब उन्होंने उसे पढ़ा तो उन्हें ऐसा लगा की वे कोई सपना देख रहे हैं. उन्होंने उस ख़त को तुरंत वेरीफाई किया उस पर दिए हुए नंबर के ज़रिये और उन्हें मजबूरी में निश्चिन्त होना पड़ा की मामला सच है.. हालांकि इस केस को लेकर वे भी काफी उत्सुक थे. इस तरह का पहला अनोखा मामला उनके सामने आया था.

हूगली से कलकत्ता की दूरी ज्यादा नहीं थी. उन्होंने ट्रेन पकड़ी और अपने जूनियर को लेकर चल दिए. हालांकि उनके मन में अभी भी संदेह था. ख़त में दिए पते के अनुसार कुछ समय बाद उनकी श्रीमती रोसी से मुलाकात हुई. वे उन्हें घर के बाहर वाले बगान में बैठी हुई मिली. घर में उनका गर्मजोशी से स्वागत हुआ. श्रीमती रोज के अलावा घर में उस समय उनका पति, चर्च से आये हुए दो लोग, राय व उनका साथी ही था. “क्या आप लोगो को आत्मा की कही हुई हर बात का यकीन है?”. “जी हाँ.” तभी पता नहीं यकायक कहीं बाहर से उडती हुई सुगन्धित फूलों की दो मालाएं राय व उनके जूनियर के गले में पड़ी. एक फीकी हंसी सभी के चहरो पर तैरने लगी.

“तो मैं शुरुआत कहाँ से करूँ .” तभी एकदम से बिजली कड़कती है और वह घर जलना शुरू हो जाता है. एक-एक कर सभी राय के सामने जलने लगे. राय भागने की कोशिश करते हैं, लेकिन भाग नहीं पाते हैं. उन्हें लगातार एक डरावनी हंसी सुनाई पड़ती

है. क्योंकि वो एक निडर व्यक्ति थे सो वे डरे नहीं. अब उस खंडहर में सिवाय उनके व उन लाशों के कोई नहीं था. तभी उन्हें लगा जैसे बाहर जोर शोर के साथ कोई बारात जा रही है. जब वे बाहर निकले तो आश्चर्यचकित हो गए कि पूरा इलाका पथरीली ज़मीन में बदल चुका है व चारों तरफ अँधेरा छा गया है. तभी एक तेज रौशनी हुई और उन्होंने अपने आपको एक बड़े कमरे में पाया. "भैया को होश आ गया, ऐसा कहती हुई उनकी बहन उनकी बिस्तर के पास आ गयी और अपना स्नेह दिखाने लगी. "मुझे हुआ क्या था?" "आप बेहोश हो गए थे." "कैसे?" तभी पुलिस राय के क्लाइंट्स को लेकर अन्दर आई. फिर उन्होंने कहना शुरू किया "आप जैसे अमूल्य रत्न को हम नहीं खोना चाहते थे. आप कृपया काम के दौरान भी अपना ध्यान रखे. यह लोग आतंकवादी हैं व आपने इन जैसे कई लोगों के कितने षड़यंत्र नाकाम किये हैं. इसलिए इस बार यह लोग सिर्फ आपको ही मारने के मकसद से आये थे. वह तो अच्छा हुआ की सही समय पर हम पहुँच गए वर्ना... . "पर यह लोग पकडे कैसे गए?" हमारी ख़ुफ़िया विभाग को इन लोगो पर नज़र थी. हमे यह पक्का यकीन था की यह लोग मरने-मारने आये हैं, लेकिन आप पर हमले की उम्मीद न के बराबर थी. हालांकि हमे शक तब हुआ जब हम आपके घर पहुंचे और आपकी बहन ने चर्च से चिट्ठी आने की बात बताई.

"ओह जब तक शक की कोई वजह न हो मैं अपने ग्राहक पर कभी शक नहीं करता. सच में आतंकवाद का कोई मजहब नहीं होता. बेक़सूर लोग जिन्होंने इनका कुछ नहीं बिगाड़ा होता उन्हें भी यह लोग नहीं छोड़ते. मैं जानता हूँ की मेरा कोई दुश्मन भी

मुझे शारीरिक तौर पर नुकसान नहीं पहुंचाएगा क्योंकि जो मैं करता हूँ वह मेरा काम है. उसके अलावा मेरा उनसे कुछ निजी नहीं. लेकिन आतंकवादी कुछ नहीं देखते. यह बस खून खराबा करना जानते हैं. ठीक है, मैं आपके द्वारा दी जाने वाली सुरक्षा लेने को तैयार हूँ व सभी आतंकवादी यह समझ ले मैं जवाब देना अच्छी तरह जानता हूँ. अब कृपया केस विस्तारपूर्वक बताये.

"श्रीमती रोसी और इनके पति दोनों ही आतंकवादी थे. वे बच्चे अनाथ हैं और उनको सुरक्षित अनाथालय में भेज गया है. वह चर्च दरअसल ख़ुफ़िया आतंकी बेस था. इन्होने आपको यात्रा के दौरान शायद बादाम खिलाया था. उसमे इन्होने दावा मिला रखी थी ताकि आप विचित्र हरकते करते हुए बेहोश हो जाएँ.

हमे ख़ुशी है की आप जीवित एवं स्वस्थ हैं.

पर्दाफाश

सुबह के आठ बज रहे थे. प्रमोद कुमार राय बहुत हड़बड़ी में थे. उन्होंने अपनी बहन को कुछ जरूरी निर्देश दिए व जूनियर और बॉडीगार्ड को साथ लेकर सेंट्रल जेल पहुंचे. "सर वह लड़का देखने में भोला है लेकिन है बहुत होशियार. वह अपना मुह ही नहीं खोल रहा है. खोलता है तो हम चुप हो जाते हैं. बातचीत में माहिर है." "हम भी देखे जरा." और वे अन्दर घुस गए.

बेटा तुम्हारा नाम क्या है? सर, नाम में क्या रखा है. (शान्ति, हलकी फुसफुसाहट). तुम्हारे ऊपर संगीन आरोप लगे हैं उसी विषय पर तहकीकात करने आये हैं. कुछ कहना चाहते हो. नहीं सर. क्योंकि वह १८-१९ साल का बच्चा ही था तो उस पर जोर जबरदस्ती भी नहीं की जा सकती थी. राय ने सोचा की ऊँगली टेढ़ी करनी ही पड़ेगी और उन्होंने सम्मोहन का सहारा लिया. लड़के को भरपेट खाना दिया गया और फिर सम्मोहित किया गया. उस स्तिथि में भी वह साफ़-साफ़ जवाब नहीं दे पा रहा था. अक्सर ऐसा तब होता है जब व्यक्ति मानसिक रूप से काफी परेशान होता है. जब उससे उसके माता-पिता के बारे में पूछा गया तो एकदम से वह चिल्लाने लगा "उन्हें बचा लीजिये वे मर जायेंगे." फिर वह रोने लगा और एक चीख मारकर बेहोश हो गया. कुछ देर बाद जब वह होश में आया तो सामान्य था. राय को लगा की लोहा गर्म है, हथोडा मार देते हैं. वे फिर उससे पूछताछ करने पहुंचे और जो कुछ भी उसने किया ज्यों का त्यों उनके सामने रख दिया. यह सब सुनकर वह रुआंसा हो गया व

दहाड़े मारकर रोने लगा. आखिर था तो वह एक बच्चा ही. प्रमोद कुमार राय की चाइल्ड साइकोलॉजी पर अच्छी पकड़ थी. वह स्थिती भाप गए. उन्होंने उसे प्यार किया व विस्तारपूर्वक उसे अपनी बात रखने को कहा. "मुझे अन्धकार के बजाए इस जमाने ने कुछ नहीं दिया. मेरे पिता कराची में एक पुलिस ऑफिसर थे. उन्होंने किसी बड़े समूह के मुख्य सरगना को सलाखों के पीछे पहुंचा दिया. वे सामाजिक कार्यों में जुटे रहते थे. उन्होंने मुझे हमेशा यही सिखाया की लोगो कि मदद किया करो. अच्छा समय हमेशा लौटकर आता है जिसका कारण लोगो की दुआएं होती है जिनकी तुम मदद करते हो. कभी भी किसी भी जीव को सताओ मत. हमेशा श्रेष्ठ व अच्छे कर्म करते रहो. लेकिन सब उनके जैसे न थे. उन्हें धमकी भरे ख़त मिलने लगे. कुछ समय बाद एम्बेसी में उनका प्रमोशन हो गया और हम विदेश चले गए. वहां मेरे बहुत सारे दोस्त बन गए. मैं उन्हें अक्सर पार्टी दिया करता था. अपने पिता की सीख के मुताबिक ही, मैं उनसे व्यवहार करता था. अपने विद्यालय की तरफ से मैं सेवाकार्य करने भी जाता था. एक दिन हम लोग भोजनालय गए खाना खाने. रात के करीब १० बज रहे थे. हम लोग बाहर निकले ही थे कुछ नकाबपोश आये व मेरी माँ और पिता को गोली मार दी. मुझे रोता-बिलखता छोड़कर वे चले गए. सुनसान सड़क पर मैं अकेला था. रेस्तरां बंद हो चुका था. तभी उस डराने वाली रात में मेरी नज़र नीचे गयी और खून से लतपथ शवों को मैंने देखा. मैं बहुत दूर तक भागा फिर थककर सो गया.

अगली सुबह ४-५ बजे मेरी नींद खुली. मैंने अपने आसपास देखा. ज़मीन एकदम साफ़ थी. माँ पिताजी कहाँ गए. मैं बदहवास था और कुछ भी समझ नहीं आ रहा था. उस वक्त १४ साल का था. उस समय मैं किस इलाके में था मुझे जानकारी नहीं थी. मैं बदहवास सड़क पर घूमने लगा. मेरी नाक बह रही थी. चेहरा, कपडा मिटटी से सना हुआ था. तभी एक बड़े रेस्तरां के टीवी पर मैंने उसी आदमी को भाषण देते हुए देखा जिसको मेरे पिताजी ने पकड़ा था. मुझे बहुत कमजोरी लग रही थी. ठण्ड का मौसम था. अंत में मैंने मदद मांगने का निश्चय किया. वहां पर कुछ घर थे. मैंने रिंग बजाई "नमस्कार, कृपया मेरी मदद करें." एक बहुत बुजुर्ग औरत निकली. उसके हाथ काँप रहे थे. उसने मुझे शरण दी. नहाने व खाने के बाद मुझे गहरी नींद लग गयी. फिर शाम में हमलोगों की बातचीत शुरू हुई-"आज से पांच साल पहले तुम्हारी उम्र का ही मेरा अपना बेटा दूर शहर गया था. वहां से वह नहीं लौटा. उसके साथ क्या हुआ, आज भी एक रहस्य है. मैंने पुलिस में शिकायत की लेकिन पुलिस किसी नतीजे पर नहीं पहुंची. अंत में केस बंद हो गया. मैं अपने दिवंगत पति की पेंशन पर हूँ. आर्थिक अवस्था वैसे भी ठीक नहीं है. चाहकर भी कुछ भी नहीं कर पायी. तुम जबतक चाहो यहाँ रह सकते हो. अगर तुम पढ़ना चाहो तो मैं तुम्हे पढ़ा सकती हूँ. हालांकि मैं बहुत बीमार रहती हूँ. मैं बहुत देर तक रोया और उनका व्यवहार मुझे अच्छा लगा. पर... अगली सुबह उनका कमरा अस्त-व्यस्त था और उनकी हत्या हो चुकी थी. संयोग से उनके कमरे में सबसे पहले मैं घुसा और जिस चाक़ू से उनकी हत्या हुई थी उसको उठा लिया. तभी पुलिस आ गयी और मुझे गुनाहगार समझकर गिरफ्तार कर लिया. मैं बोलता रहा की मैं गुनाहगार नहीं हूँ लेकिन कोई विश्वास नहीं कर रहा

था. मुझे ३ साल के सश्रम कारावास की सजा सुनाई गयी. तीन साल बीत जाने के बाद मुझे छोड़ दिया गया. अब रहने खाने का ठिकाना तो था नहीं तो काम मांगने लगा पर कोई काम देना नहीं चाहता था. मेरे पुलिस रिकॉर्ड के कारण सब मुझसे डर रहे थे. मेरे को बहुत तेज गुस्सा आ रहा था. सुबह से शाम हो चुकी थी. ठण्ड का मौसम था. दूर कहीं चर्च से प्रार्थना की आवाज़ आ रही थी. सन्नाटा था वहां पर. मैं पास के ही पार्क में थक कर बैठ गया. "तुम बहुत परेशान लग रहे हो. आओ मेरे साथ मेरे घर चलो." वह मुझे एक आश्रम में ले गया. जगह-जगह बन्दूक बम आदि रखे हुए थे. कुछ लोग उन्हें बना रहे थे. कुछ लोग आपस में बातें कर रहे थे. उस आदमी ने मुझे खाना दिया. फिर मुझे गहरी नींद आ गयी. अगली सुबह नित्यकर्म से निवृत होने के बाद वो मुझसे बातें करने लगा और कहने लगा की मैं उन सभी लोगो को एक कड़ा सन्देश दे सकता हूँ. मुझे वहां गोला-बारूद चलाना सिखाया गया. जब मैं सब सीख गया तो अपने गुट में उन्होंने मुझे शामिल कर लिया. उन्होंने कहा की मैं अपना बदला सिर्फ लड़कर ही ले सकता हूं. हमने मिलकर कई बड़े शहरों में बम धमाके किये. यहाँ पर पांच जगह पर यह काम करना था. मुझे भेजा गया पर दुर्भाग्यवश पकड़ा गया.

भाग २

“सारी प्लानिंग का मास्टरमाइंड कौन था?” “मैं तो खुद यहाँ का कमांडर हूँ .मैंने बाकायदा यहाँ का नक्शा तैयार किया. बम धमाके के लिए उपयुक्त जगह चुनी.” “पर आखिर तुम यह सब करते ही क्यों हो.” “क्योंकि मुझे इसमें मज़ा आता है.”

राय कुछ कहने की स्तिथि में नहीं थे. वो जानते थे की बच्चा आतंकवादी नहीं था. वस्तुतः इसकी मानसिकता ही वैसी बन चुकी थी. हालांकि वह काफी तेज था. राय ने उससे उसके सारे प्लान्स के विषय में जान लिया व उसके बाद उसे बाल सुधर गृह भिजवा दिया व स्वयं सुरक्षा बलों व अन्य अफसरों के साथ उन प्लान्स को विफल करने में जुट गए. बच्चे के बताये गए फ़ोन नंबर, ठिकानों आदि पर छापा मारा गया व बड़ी मात्रा में विस्फोटक खेप बरामद कर ली गयी. आतंकवादियों का एक बड़ा समूह पकड़ा गया. इनसे जो निष्कर्ष आया उसने राय के लिए एक बड़ी चुनौती खड़ा कर दिया. “इससे अच्छा मौका अपनी प्रतिज्ञा पूरी करने के लिए नहीं मिलेगा.” वह बहन को कुछ जरूरी निर्देश देते हैं व अपने जूनियर को जरूरी बातें बताते हैं. फिर वह उस लड़के से मिलने बाल सुधार गृह जाते हैं. फिर वहां से वह एक लम्बी यात्रा पर निकल पड़ते हैं.

भाग ३

“मेरे पास कोई काम नहीं है, कोई भी काम दे दीजिये. मैं कोई भी इज्ज़त का काम करने को तैयार हूँ!” “हमें तुम्हारी पूरी तलाशी लेनी होगी, तुम्हारा इतिहास भूगोल पता करना होगा की आखिर तुम हो कौन. वह अपना रुखसत खान नाम से ID दिखाता है और कुछ पूछताछ के बाद उसे काम दे दिया जाता है. उसको गोला बारूद बनाना सिखाया जाता है. जब वह तैयार हो जाता है तो उसे हमला करने कि प्लानिंग व तौर तरीकों की भी पूरी जानकारी दी जाती है. रुखसत खान घूमने का बहुत शौक़ीन होता है और खाली समय में घूमने निकल जाना उसका शौक बन चुका था और पहचान भी. वो अबतक अपने काम में माहिर हो चुका होता है और उसका नाम उधर लोगो के लिए विशवास का दूसरा नाम बन चुका होता है. उस समय के दौरान वह मुखिया और इलाके का अच्छा जानकार बन चुका होता है. तभी एक दिन सरहद पर आतंकी बेस कैंप पर हमला होता है. जान-माल को कोई नुकसान नहीं होता पर आतंकवादियों का सफाया हो जाता है. उसी वक्त आतंकवादियों के लिए एक और बुरी खबर आती है. उनका मुखिया जो एकदम सुरक्षित जगह रहता था वो भी मारा जाता है. लेकिन ख़बरों ने रुकने का नाम नहीं लिया. जहाँ सरहद पर एक तरफ आतंकी बेस कैंप तबाह होने की ख़बरें आ रही थी वहीँ दूसरी तरफ भारत में जगह-जगह से एकदम से आतंकवादियों के गिरफ्तार होने की खबर आने लगी. कई जगह उनके एनकाउंटर की ख़बरें भी सामने आ

रही थी. कई सारे बंधकों व बेक़सूर लोगो को छुड़ाने की खबरे भी सामने आ रही थी. एकदम से इतनी सारी ख़बरों से लोगो के होश फाख्ता थे. बड़ी मात्रा में काले धन की बरामदगी व कई सारे ऐसे लोगों की गिरफ्तारी की भी बात सामने आई जो ऐसे लोगो की मदद किया करते थे. ख़बरें तो बहुत थी पर लोग कारण जानने को उत्सुक थे.

बहन-"भैया! आप आ गए. मैं बहुत खुश हूँ. पिछले २ साल से आप कहाँ थे". "अभी तुम्हे मेरे साथ उस लड़के से मिलने चलना पड़ेगा. राय ने मन में सोचा-"यही सही समय है लड़के से बात करने का क्योंकि फिर मौका नहीं मिलेगा. राय अपने बॉडीगार्ड, जूनियर व बहन को लेकर सुधार गृह के लिए निकल पड़ा. वहां पहुंचकर वह लड़के से मिले और बताना शुरू किया. "तुम्हारी कहानी से मिलती जुलती कई और कहानी वाले लोग वहां पर थे! जब मैं वहां वेश बदलकर पहुंचा तो मुझे वहां ठिकाना ढूँढने में बड़ी परेशानी हुई. हालांकि तुमने जैसा बताया था. वहां के उस बड़े सामाजिक संगठन के ऑफिस का पता मुझे राहगीरों से चल गया. तुम्हारे बताये अनुसार मुझे उनका ठिकाना मिल गया. वहां के लोगों ने मेरी अच्छे से छानबीन की और जब वे पूरी तरह आश्वस्त हो गये तो उन्होंने अपने साथ मुझे शामिल कर लिया. मैंने वहां पर सभी लोगो से नजदीकी बढ़ानी शुरू कर दी.

मौके हाथ में आते गए और थोड़े ही समय में मैंने उनकी प्लानिंग, शामिल लोग व उनके ठिकाने व भारत में फैले लोगो की पूरी जानकारी इकठ्ठा कर ली. फिर मौका लगते ही वहां

की इंडियन एम्बेसी में सारी रिपोर्ट दे आया व उन्होंने मुझे भारत आने में मदद की. आखिरकार मेरा बदला पूरा हो गया.

खौफनाक खोज

अर्नाल्ड का मेंटल हॉस्पिटल में इलाज चल रहा था. वैसे तो उसका व्यवहार अच्छा था लेकिन वह चोरी करने के लिए कुख्यात था. वह एक पढ़ा-लिखा युवक था.

मॉल से १० लाख रूपए कैश चुराने के जुर्म में अर्नाल्ड को पुलिस ने पकड़ा था. उस समय तो सब उसे अपराधी समझ रहे थे. पर, जब उसकी मानसिक स्वस्थ्य की जांच हुई तब पता चला की उसे CLEPTOMANIA है. इसकी शुरुआत कब से हुई यह तो कोई नहीं जानता लेकिन उसकी यह बिमारी बढती ही जा रही थी. अक्सर वह चोरी नहीं करता था तो बेचैन हो जाता था. कभी-कभी तो उसे उल्टियाँ भी हो जाती थी. धीमे-धीमे उसकी हालत और बिगड़ने लगी. वह कभी-कभी तो एकदम ठीक रहता लेकिन एकदम से कहना शुरू कर देता-"वह मुझे खा जाएगा, मुझे मार डालेगा, मुझे बचा लो. वह अक्सर कहता की वह मुझे हमेशा लाल आँखों से देखता है. वह २५ फुट लम्बा है, और अक्सर मुझे डराता रहता है. हालांकि वह एक सरकारी संस्थान था इसलिए भूत प्रेत में तो किसी का विशवास नहीं था लेकिन सिर्फ अर्नाल्ड के लिए झाड-फूंक कराया गया. पूजा-पाठ कराया गया. इस दौरान चोरी की घटनाएं भी एकदम से काफी बढ़ गयी थी. पर अब अर्नाल्ड के पास कुछ नहीं मिलता था. आसपास के इलाके में भी चोरियां एकदम से बढ़ गयी थी. किसी को कुछ समझ नहीं आ रहा था कि क्या करें.

सेठ हरिलाल सुबह सुबह ही पहुँच गए राय साहब के घर रिपोर्ट लिखवाने. "मेरे घर से १५ लाख चोरी हो गए हैं. सीसीटीवी में देखा तो वह अर्नाल्ड था. मैं पुलिस के साथ तुरंत हॉस्पिटल गया अर्नाल्ड को पकड़ने. हालांकि उस समय उसकी हालत बहुत ख़राब थी. हमें बताया गया कि उसका स्वस्थ्य लगातार ख़राब होता जा रहा है. वह अजीब-अजीब हरकते करता है जैसे उसपर साया हो. हमारे पूछने पर उसने पूरी तरह इनकार कर दिया. उसका लाई-डिटेक्टर टेस्ट किया गया जिसमे भी वह सही पाया गया. अब पुलिस इस एंगल से जांच कर रही है की कोई उसका रूप बनाकर तो यह सब नहीं कर रहा है." "तो आपका मेरे पास आने का कारण." "पुलिस खुद परेशान है. मेरा उनपर से विश्वास उठ गया है. कृपया मेरी मदद करें.

भाग २

राय अगले दिन से ही तफ्तीश शुरू कर दिए. सबसे पहले तो वह हीरालाल के घर गए और सीसीटीवी फुटेज चेक किया. सच में वह अर्नाल्ड ही था. उन्होंने उँगलियों के निशान जांचे लेकिन रहस्यमयी तरीके से निशान गायब थे, तो उनके अर्नाल्ड से मिलने की बात तो दूर थी. फिर उन्होंने क्राइम सीन से मिले हुए सामान की जांच-पड़ताल की. एक जली हुई सिगरेट(विलायती) मिली. पर अर्नाल्ड तो सिगरेट पीता ही नहीं था. तुरंत सिगरेट के डीलर से कांटेक्ट किया गया व उस महँगी सिगरेट को खरीदने वाले की पहचान निकली गयी. तभी एक चौकाने वाली खबर आई की अर्नाल्ड ने चपरासी की हत्या कर दी! जबकि अर्नाल्ड इस बात से साफ़ इनकार कर रहा था. हत्या वाले दिन की सीसीटीवी फुटेज में अर्नाल्ड का चेहरा नहीं दिख रहा था. हालांकि कई सारे सीसीटीवी फुटेज में उसका चेहरा दिख रहा था. पर उसके खिलाफ कोई साक्ष्य नहीं मिल रहा था. राय के मन में बात आई की कहीं कोई अर्नाल्ड के नाम से यह सब क्राइम तो नहीं कर रहा. उन्होंने अर्नाल्ड का पूरा इतिहास ढूँढा. अर्नाल्ड एक मेधावी लड़का था जिसे CLEPTOMANIA ६ या ७ क्लास में हो गया था. पर इससे कुछ हाथ आने वाला तो नहीं था. वे हॉस्पिटल गए उसकी हालत के विषय में जानने तो उन्हें पता चला की उसे रहस्यमयी आवाज़े व साया दिखता है. वह अपने सेल में तो नार्मल रहता है लेकिन जब भी उससे बात की जाती है तो वह भूत-प्रेतों के बारे में बताना शुरू कर देता

है. हाँ, पर एकदम से चपरासी की मौत के बाद चोरियों पर विराम लगा, व अर्नाल्ड को रहस्यमयी आवाजे व चीज़े दिखनी बंद हो गयी. आश्चर्यजनक रूप से उसका स्वस्थ्य भी सुधरने लगा. इस दौरान राय अजीब स्तिथि में थे. उन्हें कुछ समझ में नहीं आ रहा था. हालांकि उनके दिमाग में एक अजीब बात आ चुकी थी पर वो इतनी अजीब थी की उन्हें खुद ही इस बात पर विशवास नहीं हो रहा था. उन्हें कोई हिंट तो नहीं मिल रहा था लेकिन उन्होंने अपनी कहानी को जांचने का फैसला किया.

अगले ही दिन वह मेंटल हॉस्पिटल के डीन से मिले व उन्हें कुछ कहा. वे बहुत अधिक संशय में थे पर वे मान गए. अगले ही दिन एक आदमी जो CLEPTOMANIA से पीड़ित था उसको अस्पताल लाया गया. हालांकि वह इंसान बहुत पॉजिटिव था इसलिए उसे अर्नाल्ड के साथ रखा गया ताकि अर्नाल्ड के स्वस्थ्य में और सुधार आये. हालांकि यह कोई पक्के तौर पर नहीं कह सकता था की अर्नाल्ड पर भूत-प्रेत का साया था कि नहीं. अगले दिन मीडिया में यह खबर आग की तरह फ़ैल गयी की अर्नाल्ड ही चोर है. मीडिया के पास पूरी जानकारी नहीं थी. केस प्रमोद कुमार राय के हाथ में था और अर्नाल्ड के माता पिता को लगा राय ही इसके जिम्मेदार हैं. उन्होंने राय पर केस कर दिया. केस की पहली तारिख पड़ी व राय साहब हाज़िर हुए. पूरे देश की नज़र थी वहां पर.

“आप अपनी सफाई में कुछ कहना चाहते हैं, राय साहब”. “हाँ- सबसे पहले तो मैं यह कहना चाहता हूँ की मैं जो भी कह रहा हूँ अपने पूरे होशो-हवास में व सोच समझ कर कह रहा हूँ. उस

दिन मेरे मन में केस को लेकर एक अजीब थ्योरी घूम रही थी जिसे मैंने उन्हें बताया. अगले दिन वह जिस CLEPTOMANIA से पीड़ित आदमी को लेकर आये थे वह मैं ही था. मैंने अपने साथ ५०००० रूपए रख लिया वह भी नगद. कुछ ही संस्थान के लोगो को पता था की मैं वहां हूँ. उसी दिन अर्नाल्ड से बातचीत के दौरान मैंने ५०००० रूपए धोखे से चुरा लेने की बात कही. उस समय तो सब सामान्य था. लेकिन रात के ११ बजे वह एकदम अस्थिर हो गया. मैं सोने का अभिनय कर रहा था पर उसपर नज़र टिका कर रखा था. उसने कुछ चहलकदमी की और फिर मेरी जेब टटोलने लगा. उसके हाथ ५०००० रूपए जब लग गए तो फिर उसकी बेचैनी शांत हो गयी. तभी मैंने एकदम से आँख खोल दिया और वह तभी बेहोश हो गया. “आपके पास इसका कोई सबूत.” “जी, मैं अपने साथ एक रिकॉर्ड पेन लेकर गया था व उसमे सब रिकॉर्ड कर लिया. मैं आप सभी को वह रिकॉर्डिंग दिखा सकता हूँ. पर इससे पहले आप मेरी यह बात ध्यान लगा कर सुनिए. क्या आपने एकदम से चपरासी के मर जाने के बाद उसके शांत होने की खबर सुनी?” उसके अगले दिन की जांच रिपोर्ट मेरे पास है और अस्पताल ने उसे मल्टीप्ल आइडेंटिटी डिसऑर्डर होने की पुष्टि की है. कृपया अपनी बात खुलकर कहे. जी यह बिमारी उसकी पुरानी बिमारी है. जब उसकी चोरी की आदत बढ़ने लगी पर वह नाकाम रहने लगा तो उसके अवचेतन मन ने उसकी नॉलेज का इस्तेमाल किया. इस समय उसके अन्दर तीन पर्सनैलिटी है. लोगो ने दाँतों तले उँगलियाँ दबा ली. अर्नाल्ड, एक एक्टर व एक शातिर चोर. तीनो ही एकदूसरे से अलग होते हुए एक दुसरे की मदद कर रहे थे.

अर्नाल्ड चोर नहीं है और यह बात सब जानते है. अर्नाल्ड के मस्तिष्कीय विकार ने एक ऐसे चोर को जन्म दिया जो प्लानिंग के साथ किसी भी चोरी को अंजाम दे सकता है. लेकिन क्योंकि अर्नाल्ड होशियार है वह जानता था की इधर सख्त पहरेदारी है इसलिए एक कलाकार ने जन्म लिया जो की POSSESED होने की एक्टिंग करता है. हालांकि अक्सर इस बिमारी में लोगो कि किस पर्सनालिटी ने उनके साथ क्या किया यह याद नहीं रहता लेकिन यह चीज़ अर्नाल्ड और एक्टर के बीच लागू नहीं होती. जो भी कुछ एक्टर करता था "जब भी वह अर्नाल्ड के रूप में बदलता था तो सब बातें अर्नाल्ड को याद रहती थी. क्योंकि अक्सर उसे हाई डोज़ की दावा दी जाती थी और वह मानसिक रोगी था ही इसलिए उसे निर्मूल्भ्र्म होने लगे. CLEPTOMANIA, और उसकी ही एक पर्सनालिटी के द्वारा की हुई हरकत ने उसका जीना मुश्किल कर दिया और उसे विशवास होने लगा की वह भूत बाधा आदि से ग्रसित है. इसी का फायदा चोर वाली पर्सनालिटी ने उठाया. जब रात हो जाती तो अस्पताल वीरान हो जाता क्योंकि लोग डरने लगे. इस चोर पर्सनालिटी ने अस्पताल के कर्मचारी जैसे खानसामों और चपरासी आदि के साथ सांठ-गाँठ कर रखी थी. फिर जो भी चोरी होती उनमे इन लोगो का भी हिस्सा होता. इसलिए जब चपरासी मरा तो इसके साथ चोर व एक्टर दोनों कि हरकतें कम हो गयी. डॉक्टर्स ने मुझे बताया की जब अर्नाल्ड को भूत-प्रेत आदि दिखाई देते थें तो वह बहुत ज्यादा अनिश्चित, निराश व बोल्ड हो जाया करता था. उस समय जब उसका कोई नाम पुकारता था तो वह जवाब देने के बजाए चीखना-चिल्लाना शुरू

कर देता था. जबकि जब वह अपने असली रूप में रहता था तो वह काफी शर्मीला और प्रेम से बात करने वाला बन जाता था. उस समय वो नेगेटिव नहीं रहता था. कर्मचारियों को यह सब सामान्य लगता था. इसका अंदाज़ इस बात से लगाया जा सकता है की जब वह मध्यरात्रि में उठा, मैंने चुपके से उसके सेल में सीसीटीवी लगा दिया और खुद जेल के बाहर आ गया तो धुप्प अँधेरे से भी डरने के बजाए वह मेरी तरफ लपका और जान से मारने की धमकी देने लगा. पूछने पर कहा कि उसे पैसा चाहिए. फिर मैंने जब दाढ़ी-मूंछ हटा ली तो वह एकदम से डरने लगा लगा और चिल्लाने लगा. दरअसल उस समय वो एकदम से अर्नाल्ड बन गया था. उस रात उसे नींद की दवा नहीं दी गयी थी. इसका प्रमाण आपको वो सभी कर्मचारी भी दे सकते हैं जो चोर से मिले हुए थे. फिर उन्होंने विडियो सभी को साक्ष्य रूप में दिखाए.

अस्पताल को अपने मरीज पर लापरवाही बरतने के लिए चेतावनी दी गयी. सभी मिले हुए कर्मचारियों को हटा दिया गया और अर्नाल्ड के सारे इलाज का खर्च सरकार उठाएगी और उसका इलाज सबसे अच्छे सरकारी अस्पताल में होगा इस बात को खुद सरकार ने कहा. अर्नाल्ड २ साल में पूरी तरह स्वस्थ होकर नौकरी पर वापस चला गया. इस दौरान उसे स्वस्थ माहौल में सम्मोहित कर चोरी की गयी रकम व हत्या किये हुए लोगो के विषय में भी पता लगा लिया गया.

यह केस प्रमोद कुमार राय के सभी केसेस में सबसे विचित्र केसेस में से एक था!

खजाने की खोज में

सोहन सोनिवल २०-२२ वर्ष का एक नौजवान था. वह जासूस प्रमोद कुमार राय को अपना नायक मानता था. वह उनकी एक बात को हमेशा मानता था की कुछ भी संदिग्ध दिखे तो उसको तब तक देखो जब तक तुम्हारी नज़र में उस वस्तु की संदिघ्धता खत्म नहीं हो जाती.

कुछ दिनों से वह एक सारंगिवाले को रोज अपने घर के सामने से निकलता हुआ देखता था. हालांकि उसने उसके बारे में काफी चीज़े ऐसी देखी थी जो काफी असामान्य थी. वह आज के समय के हिसाब से कपड़ें नहीं पहनता था. ओल्ड फैशन की शैली के कपड़ें पहनता था. सोहन ने कभी उसे किसी से भी बात करते हुए नहीं देखा था. वह काफी लम्बा था और लगभग रोज एक ही पोशाक में दिखता था. इसपर उसकी नज़र इस वजह से गई क्योंकि वह रोज ही इस गली से निकलता था और एक बार सोहन को बड़े प्यार से देखता था. सोहन को उस जगह शिफ्ट हुए ही अभी कुछ ही दिन बीते थे व लगातार हर रोज वह उसे दिखना भी शुरू हो गया था. सोहन ने एक दिन उसके विषय में जानने का निश्चय कर ही लिया और जैसे ही वह व्यक्ति गुजरा उसके पीछे-पीछे हो लिया. एक घंटे तक वह व्यक्ति चलता रहा. सोहन भी उसके पीछे चलता रहा. फिर एक घर आया जिसमे वह व्यक्ति घुस गया. सोहन भी धुन में था और वह भी उसके पीछे घुस गया. अकस्मात् तेज आंधी व तूफ़ान के साथ तेज वर्षा होने लगी. उस जगह को मौसम ने और भी

डरावना बना दिया. सोहन ने सबसे पहले घर पर फ़ोन किया व कहा कि वह बारिश में फंस गया है. इसके थमने पर ही आ पायेगा. जब सोहन ने घर पर बता दिया, तब उसने चैन की सांस ली व जब उसकी नज़र घर पर पड़ी तो वह आश्चर्यचकित रह गया क्योंकि रात होने को आ गई थी.

घर काफी जर्जर था. उसने उन बूढ़े बाबा को आवाज़ दी पर कोई ज़वाब नहीं आया. घर छोटा सा ही था व कबाड़ से भरा पड़ा था. सोहन को थोडा-थोडा डर लग रहा था व इस वजह से वह कुछ जयादा ही चौकन्ना था. गनीमत थी कि उसका मोबाइल फुल चार्ज था. वह घर में घूमने लगा व कबाड़ इधर-उधर करने लगा. बहुत सारी चीज़े तो आसपास का कबाड़ थी जैसे-बिखरे हुए रद्दी कागज़, फटे कपडे, पुरानी साईकिल आदि. वहां कुछ भी ऐसा नहीं था जो संशय उत्पन्न करे या फिर डरावना हो. हालांकि मौसम बाहर काफी ख़राब था व सोहन को थकान और भूख लगी. वह एक साफ़ सी जगह पर बैठ गया व उस बुज़ुर्ग के विषय में सोचने लगा. इसी दौरान उसको नींद लग गयी. नींद में उसने उस बुज़ुर्ग को देखा जो बहुत प्रेम से उसकी तरफ आ रहा था. उसने उसके सिर पर हाथ फेराया व कहा- "इस इलाके में मुझे एक तुम पर पूरा यकीन है, कि तुम मुझे मुक्ति दिला सकते हो. चिंता मत करो, मैं जीवित नहीं हूँ और तुम्हे कोई नुकसान नहीं पहुंचाऊँगा. अगर तुम मेरी मदद नहीं करना चाहते तो भी कोई दिक्कत नहीं. मैं फिर तुम्हे इस स्तिथि में कभी कष्ट नहीं दूंगा. अगर तुम मेरे लिए कुछ करना चाहते हो तो जहाँ तुम लेटे हो वहीं नीचे बगल में रखे हुए फावड़े से खुदाई करो अन्यथा सुमन देवी जो एक बहुत बड़ी मनोविज्ञानी व हम

जैसे प्राणियों के विषय में जानकारी रखने वाली हैं उन्हें इस विषय में जानकारी दे देना. चिंता मत करो. तुम्हारे उठते ही तुम देखोगे की मौसम साफ़ है और तुम जाने के लिए स्वतंत्र हो. मुझे पूरी उम्मीद है की तुम मेरी उम्मीद पर खरे उतरोगे. सोहन हडबड़ा कर जाग गया. उसने खुद से खुदाई शुरू नहीं की. उस समय शाम के ७ बज रहे थे. उसने सुश्री सुमन को सब बातें बता दी. हालांकि सुमन जी को यकीन तो नहीं हुआ लेकिन उन्होंने उसकी बातें पूरी तन्मयता से सुनी. उन्होंने सोहन को फारिग कर दिया व उसके बताये हुए हुलिए जैसे व्यक्ति के विषय में पता लगवाया तो पता चला की तीन साल पहले वह व्यक्ति रहस्यमयी रूप से मर गया है. वह एक कबाड़ीवाला था. उसकी लाश भी नहीं मिली थी. उन्होंने उसकी बताई हुई जगह खुदाई कराई और वहां से उन्हें खोपड़ी में धंसी हुई चाक़ू के साथ एक नरकंकाल मिला.

भाग २

सुश्री सुमन समझ चुकी थी कि वह आत्मा कुछ बहुत महत्त्वपूर्ण बताना चाहती थी. उसका इतिहास वह जानती ही थी. वह उस कंकाल को गुपचुप अपने घर ले आयी व उसका टेस्ट करने पर पता चला की हड्डियों पर ओपियम था. पर नामात्र का. चाक़ू खोपड़ी कि बाएँ तरफ घुसा हुआ था. मानो उसपर किसी ने पीछे से हमला किया हो. चाक़ू पर जंग लगी हुई थी. खोपड़ी एक तरफ झुकी हुई थी व पैर मुड़ा हुआ था जिससे लग रहा था की उसने अंतिम समय तक संघर्ष किया था. सुश्री सुमन ने तांत्रिक साधना करके आत्मा से संपर्क साधने का निश्चय किया व अपनी क्रिया शुरू की. लगभग एक घंटे के बाद उन्होंने उससे पूछताछ शुरू की.

सुमन: घबराइए मत.

प्रेत: हूँ, आपको जो भी पूछना है पूछिए.

सुमन: सर, आपका कंकाल मुझे मिला. उस बच्चे ने मुझे वहां तक पहुँचाया जिसके सपने में आप आये थे. वैसे तो मैं एक प्राइवेट फॉरेंसिक एक्सपर्ट हूँ व मेरा घर इसी तरह चलता है. लेकिन मैं तंत्र विद्या भी अच्छी तरह जानती हूँ. कृपया मुझे अपना पूरा परिचय दें.

प्रेत: पहले तो मैं आपका आभार व्यक्त करना चाहता हूँ की आपने केस में रूचि प्रस्तुत की. मैं रामप्रसाद सारंगीवाला के नाम से जाना जाता था. मैं कबाड़ इकठ्ठा करने का भी काम

करता था. मेरी आय के कुछ और भी स्रोत थे. मैं अपने काम में मस्त रहता था.

सुमन: उस दिन आपके साथ क्या हुआ था. मुझे आपके कंकाल के ऊपर से कुछ मात्रा में ओपियम भी मिली है.

प्रेत: यह कहानी दो साल पहले से शुरू होती है. एक दिन मैं कबाड़ इकठ्ठा करने के सिलसिले में बहुत दूर निकल गया. एक बहुत ही बड़े घर से मुझे एक लड़के ने आवाज़ दी. उसने मुझे एक साइकिल और खूब सारे अखबार बेचे. उस दिन वह माल लेकर मैं घर वापस आ गया कि उसी समय एक आदमी उस लड़के को साथ लेकर मेरे घर आया. उसने उस लड़के को गोली मारी व मेरी तरफ बढ़ने लगा. मैंने उसे कहा की मैंने कुछ नहीं किया पर उसने मेरी एक न सुनी. वह मेरे करीब आता गया. मैंने घबराकर अपना फावड़ा उठा लिया और उसने बन्दूक चला दी. पर बन्दूक खाली थी. उसने तुरंत अपना चाकू निकाला व तुरंत मेरे सिर में घोंप दिया. कुछ देर बाद जब मैं उठा तो हल्का महसूस कर रहा था. मुझे लगा कि शायद मैं हमले में बच गया. मैंने नीचे देखा और तब मुझे पता चला की मैं मर चूका हूँ! खून से लतपथ डेड बॉडी नीचे पड़ी हुई थी. मैंने एक झटके से फावड़ा उठाया और उस आदमी को मारा. पर फावड़ा मेरे हाथ से आरपार हो चुका था. खैर... . उसने मेरी लाश को वहीँ जमीन में दफन कर दिया व मेरे पैसे लेकर चलता बना. इस दौरान उसने मेरा घर तहस-नहस कर दिया. बरसात होने लगी और मैं वही दफन रह गया. बरसात लगातार कुछ दिनों तक होती रही व मेरा घर सचमुच का भूत बंगला लगने लगा.

लोगो ने उधर आना जाना छोड़ दिया. वे डरे सहमे हुए थे. मैं भी डरा सहमा रहता था. मैं बदला लेना चाहता था पर मेरे पास शक्तियाँ नहीं थी. मुझे बदला लेने का कोई जरिया चाहिए था. मुझे लम्बा इंतज़ार करना पड़ा. फिर आप तक पहुँच पाया.

सुमन: ओपियम के विषय में कुछ बता सकते हैं.

प्रेत: इस विषय में मैं कुछ नहीं जानता.

सुमन: आपने कभी जानने की कोशिश नहीं की?

प्रेत: (मौन)

आपसे मिलकर अच्छा लगा.

यह केस पेचीदा होता जा रहा था. सुश्री सुमन अकेले इस केस को नहीं सुलझा सकती थी. पर वह करें क्या. उनकी आर्थिक स्तिथि ठीक-ठाक मगर बहुत अच्छी नहीं थी. पुलिस के पास जाना उन्हें भैंस के आगे बीन बजाने जैसा लग रहा था. वैसे भी यह बातें सुनकर सब उन्हें पागल कहते. उन्हें कोई रास्ता भी नहीं सूझ रहा था. अंत में उन्होंने जांबाज़ व परोपकारी इंस्पेक्टर राजेश से मदद लेने का फैसला लिया. वह बस अपना काम ठीक से करना चाहती थी.

भाग ३

राजेश: मैडम कोशिश किया करें की जब मैं ओन ड्यूटी रहा करूँ तभी मेरा वक्त लें.

सुमन: सर बात ही कुछ ऐसी है की थाना आना संभव नहीं था. (फिर वह सारी बात बताती है)

राजेश: आप जो भी कह रहीं हैं वो सच है?(संशय में)

सुमन: सर मैं बातें नहीं बना रहीं हूँ. आप मुझपर विशवास तो करके देखिये.(फिर वह प्रेत के द्वारा दी हुई सारी डिटेल सौंपती हैं.)

एक-दो दिन के बाद

मैंने अपने स्तर पर वेरिफिकेशन कर लिया है. यह केस अकस्मात् बंद कर दिया गया था. पर मैं यकीन कैसे करूँ?

सुमन: सर मैं पूरी फॉरेंसिक रिपोर्ट लेकर आई हूँ. शरीर के एक-एक हिस्से की पूरी रिपोर्ट है. आप पुलिस रिपोर्ट से मिलान कर सकते हैं.

राजेश: (मिल तो रहा है). मैंने भी वेरीफाई कर लिया है. आपकी बात मुझे सत्य लग रही है पर थोड़ी विचित्र है. हालांकि मैं आपके साथ चलूँगा. मैं छुट्टी की अर्जी दे देता हूँ.

सुमन: सर आपका बहुत बहुत शुक्रिया.

तो यह है वह मकान जिसके विषय में आप बता रहीं थी. मकान तो खुद कबाड़ हो चुका है. क्या आप एक बार प्रेत से मेरी बात करा सकती हैं. पर उससे पहले आप यह बताएं की आप उसकी मदद क्यों करना चाहती हैं? सर वह मदद चाहता है. मुझे यह भी लगा की यह बात की जड़ बहुत नीचे तक जाती हो. क्रिया शुरू होती है व संपर्क स्थापित हो जाता है. सारी वस्तुस्तिथि जान लेने के बाद राजेश कहते हैं- "मैं आपकी मदद करने का हर-संभव प्रयास करूंगा. पर हमे उन लड़कों का कुछ पता नहीं है. उन्हें ढूंढें कैसे. मौसम ने सारे सुराग मिटा दिए हैं." सर मैं तांत्रिक कलाओं में निपुण हूँ. इसे दकियानूसी व ख्याली कहने वाले यह नहीं जानते कि यह एक शुद्ध विज्ञान है. मैंने सोच लिया है की हम क्या कर सकते हैं. मैं आज से ही साधना शुरू कर देती हूँ जो आज से ठीक ४-५ दिन बाद फलित होगी. इससे बेहद ही ताकतवर मानसपुत्रों की उत्पत्ति होगी जिनकी रफ़्तार मेरे मन के रफ़्तार के बराबर होगी. आप यहीं के निवासी हैं तो आपको ज्यादा तकलीफ भी नहीं होगी. अब पांच दिन बाद मिलेंगे.

भाग ४

सर जैसा की मैंने बताया था मैंने उन्हें प्रेत के द्वारा लड़के का जैसा हुलिया, कद काठी आदि बता दिया है व उन्हें हुक्म भी दे दिया है कि वे जहाँ कहीं भी हो उन्हें ढूंढ निकाले व आकर मुझे बताये. फिर जैसा आप कहें. मुझे अंदेशा हो रहा है जैसे इस सिलसिले में मुझे आपके साथ बाहर भी जाना पड़ सकता है. वैसे मुझे आप पर व आपकी विध्या पर पूर्ण विश्वास है. मुझे यह सोचकर बहुत दुःख होता है की आज के समय में कुछ पाखंडी कैसे इन विध्याओं, जो उनको आता भी नहीं है उनका गलत इस्तेमाल करके ठगी करते हैं, मूर्ख बनाते हैं वर्ना यह चीज़े खोजने ढूँढने के लिए व अन्य कार्य के लिए कितने उपयोगी हो सकते हैं. उम्मीद है की हम सफल होंगे, तब तक मैं ओपियम की खरीद फरोख्त में शामिल वैध व अवैध कंपनियों के विषय में पता लगाता हूँ. उन्होंने पता लगवाया तो उन्हें पता चला की कुछ चुनिन्दा कंपनियां ही वैध रूप से ओपियम की सप्लाई करती हैं. हाँ, ऐसा हो सकता है की जिस समय सारंगिवाले की मौत हुई हो उस दौरान किसी ने ओपियम की चोरी की हो या फिर अवैध रूप से खरीद फरोख्त के काम में लगा हो तो बात अलग है. उनके लिए पता लगाना कठिन हो रहा था. उन्होंने केस की फाइल को देखने का फैसला किया. उसमे सिर्फ मौत और फॉरेंसिक रिपोर्ट ही मिली जो की सुमन जी की रिपोर्ट से मिल रही थी. अपराधी के विषय में किसी को कुछ भी पता नहीं चला था व राजेश भी विस्मित थे. तभी उन्हें विचार आया

कि घर में रहने वाले तो रजिस्टर होंगे. उन्ही के द्वारा कुछ पता लगवा लेते हैं, पर एक और कौतूहल पूर्ण बात पता चली की उस घर में कुल आठ लोग थे जिनकी एक महीने पहले अज्ञात हमलावर ने हत्या कर दी थी. यह तो और उलझता जा रहा था. राय बाहर थे और केस में एक अनजान घर, अधूरा डाटा, एक फॉरेंसिक एक्सपर्ट व तांत्रिक और एक प्रेत है. विचित्र थी यह बातें. कोई सीसीटीवी नहीं और ओपियम जैसा ड्रग भी मिला था. राजेश ने एक ठंडी श्वास ली.

अगले ही दिन सुमन जी बहुत जल्दी में थी. उन्होंने राजेश को बताया कि मानसपुत्रों ने पता लगा लिया है. उनका कहना है की वह एक नवयुवक है जो ड्रग्स का शौक़ीन है. वह ड्रग्स की सप्लाई नेटवर्क से भी जुड़ा है. आपको कुछ पता चला, नहीं मैम. इंस्पेक्टर ने घर के लोगो की हत्या के विषय में उन्हें नहीं बताया. पर उन्हें यह केस एक गंभीर केस लग रहा था. वह लोग तुरंत लन्दन के लिए निकल गए और वहां पर जाकर प्लानिंग शुरू की. ड्रग एडिक्ट को पकड़ने के लिए असाधारण युक्ति कि ज़रूरत थी. आखिर उसने कबाड़ी वाले को क्यों मारा? वह लड़का कौन था जिसे उसने मारा? घर का क्या रहस्य था? ओपियम मिलने का क्या राज था. हालांकि वह बहुत ताकतवर था और यह दो लोग अनजान. इन्हें क्या करना है इन्हें खुद कुछ पता नहीं था. अंत में उन्होंने मानसपुत्रों व उस प्रेत से ही मदद लेने का फैसला किया. इंस्पेक्टर राजेश ने स्पष्ट बताया की ऐसे लोगो को शक्ति से नहीं युक्ति से ही हराया जा सकता है. इसको पकड़ने के लिए इसका मनोबल तोडना होगा व समाज से अलग-थलग करना होगा. आर्थिक रूप से भी कमजोर करना

होगा ताकि वह हिम्मत हार बैठे. प्रेत को कहा गया कि वह उसे सपनों में जाकर डराएगा लेकिन अपनी ऊर्जा को घर में नहीं फैलाएगा न ही घर में डरावना वातावरण का निर्माण करेगा. मानसपुत्रों को कहा गया की वे उसके दिमाग में भ्रम पैदा करें. हालांकि उन्हें स्पष्ट कह दिया गया की वातावरण अपने अनुकूल नहीं बनाना है वर्ना फिर समस्या हो जायेगी. जैसा इन सभी को बताया गया वैसा ही इन सभी लोगो ने किया.

भाग ५

रोहन अल्बेर्तो परेशान हो चुका था. ड्रग्स का वह दीवाना था पर जो भी उसके साथ पिछले २ दिन से हो रहा था, वह अप्रत्याशित था. ऐसा होते-होते एक महीना होने को आ गया. उसे ऐसा लगा की ड्रग की ओवरडोज़ के कारण दिमाग पर असर पड़ा. पर इससे उसकी स्थति और भी ख़राब हो गई. वह अपनी सोचने समझने की क्षमता अब खोने लगा क्योंकि वह अब कुछ सोचने समझने लायक था ही नहीं. झटके, उल्टियाँ दस्त उसके लिए आम बातें हो गयी थी. वह डरावने सपनो की वजह से नींद नहीं लेता था. उसे हर समय ऐसा लगने लगा की उसके आसपास कोई है. वह बहुत ही दुबला पतला व कमजोर हो गया था. उसका अवैध व्यापर डूबने लगा जिससे कामकरने वाले काम छोड़ कर जाने लगे. भला किसी को क्या परवाह थी. परेशान होकर नास्तिक होते हुए भी उसने पादरी को बुलाया लेकिन पादरी ने साफ़-साफ़ कहा की कोई प्रेत-बाधा नहीं है. वह आर्थिक रूप से कमजोर होने लगा. पर मानो उसे यकीन हो गया था की उसपर कोई साया है. अंत में वह वहां के सबसे बड़े पादरी श्रीमान रोबर्ट से मिला. वह उसके घर आये, कुछ कार्य किये व बताया की यह घर प्रेत-ग्रस्त है. क्योंकि रोहन अकेला था सो वह डर गया. अपनी लगन व मजबूत इच्छाशक्ति से वह अपनी ड्रग की लत पर तो काबू पा चुका था पर वह इन कुछ महीनों से डरावने सपनो और निर्मूल-भ्रम से परेशान हो चुका था. व्यवसाय खत्म हो चुका था व वह सड़क पर आ चुका था.

श्रीमान रोबर्ट ने उससे घर खाली करने को कहा व जब उसने और जानना चाहा तो उन्होंने उसे एक ऐसी बात बताई जिससे उसके रौंगटे खड़े हो गए. उस रात वह चर्च में रुका. रोबर्ट उसके घर में रुके थे. अगले दिन पादरी रोहन को लेने चर्च पहुंचे व कहा- "यू आर अंडर अरेस्ट." क्योंकि वह पहले से ही हताश व निराश था उसने कोई प्रतिक्रिया नहीं दी. वह चुपचाप एक अनजान जगह उसके साथ चल पड़ा.

"आपको पता चला, मेरे पास पक्की खबर है की किसी अनजान आदमी के साथ रोहन जा रहा है. लगता है सीधे मुठभेड़ का समय अब आ गया है. अब अगर उसे जाने दिया तो वह अपने हाथ से निकल जायेगा. अब मैं चलता हूँ." "अपना ख्याल रखियेगा सर व मैं भी आपके साथ चल रहीं हूँ." "मैडम मेरा पूरा डिपार्टमेंट मेरे साथ है. चिंता की ज़रुरत नहीं है. वे लोग चप्पे-चप्पे पर फैले हैं."

"आप दोनों जहाँ है वहीँ रुक जाइए. इससे आगे बढ़ने की इजाजत नहीं है आपको. अगर आप नहीं रुके तो मजबूरन गोली चलानी पड़ेगी मेरे को." गिरफ्तार कर लो इन दोनों को. फादर के हाथ में जो भी है, इसे भी जब्त कर लो और वहां की सरकार से कुछ पारागमन प्रक्रिया पूरी करके उसे भारत ले आयें. भारत आकर उन दोनों को पूछताछ के लिए बुलाया गया. एक टीम का गठन किया गया पूछताछ के लिए जिसमे राजेश भी शामिल था. पूछताछ शुरू हुई

१.आप इसे कब से जानते हैं?

३ महीने से

२.पहली बार कब मिले थे?

कल ही.

३.अपने विषय में विस्तारपूर्वक बताओ?

इसके साथ वे सभी रोहन के सामने ठहाका मार कर हंसने लगे. फिर जो हुआ उसकी कल्पना राजेश ने भी नहीं की थी. पादरी की वेशभूषा के पीछे खुद राय थे! मेल-मिलाप हुआ और फिर राय ने कहना शुरू किया-"तीन महीने पहले मुझे यह मिशन दिया गया था. हालांकि यह केस पिछले कई सालों से चल रहा था पर सब बेनतीजा रहा इसलिए अंत में मुझे शामिल किया गया. यह IB में कार्यरत एक सरकारी एजेंट की कहानी है जो रहस्यमयी तरीके से मारा गया था. इस सिलसिले में ख़ुफ़िया तरीके से जांच चल रही थी. मैंने शामिल होते ही सबसे पहले लोकेशन के विषय में छानबीन शुरू की. समय काफी बीत चुका था तो मेरा यह जानना जरूरी था की अबतक इन्वेस्टीगेशन कहाँ तक पहुंची. उसमे मुझे जानने को मिला की दंगा भड़काने, लड़ाई- झगड़ें व शान्ति व्यवस्था ख़राब करने के लिए खुफिया हथियारों की लेनदेन हो रही है. उसी सिलसिले में तफतीश चल रही थी. पहले भी कई लोग इस सिलसिले में पकडे जा चुके थे व मोबाइल ट्रेसिंग व दूसरी तकनीक से या पक्की खबर उन्हें मिल चुकी थी कि खतरनाक हथियारों के लेन-देन या स्मगलर्स इस काम के पीछे थे व वे लोग लन्दन से ऑपरेट कर रहे थें. बस सभी सबूतों के साथ उन्हें पकड़ना था. पर प्रोटोकॉल फॉलो करना काफी महंगा पड़ जाता, क्योंकि ऐसा करने पर बात लीक हो सकती थी व यह लोग सतर्क हो जाते. कईयों के मारे जाने

का भी अंदेशा था. इसलिए हमने तय किया की एक सीक्रेट ऑपरेशन को अंजाम देंगे पर इसके लिए कोई ऐसा व्यक्ति चाहिए था जो छद्म वेश बनाने में माहिर हो व जिसपर किसी का भी शक आसानी से न जा सके. क्योंकि इन लोगो का नेटवर्क बिछा होता है इसलिए कुछ भी होने पर इनके कान खड़े हो जाते हैं. इसलिए मैंने तुरंत इस कार्य को स्वीकार्य किया व लन्दन के लिए अपने जूनियर के साथ निकल पड़ा. बस हमे सबूत निकालना था उसे पूरी दुनिया के सामने उजागर करने के लिए. IB से मुझे डाटा मिल चुका था की मुझे किसे पकड़ना है. हमें वहां गए हुए कुछेक दिन हो चुके थे व आसपास के इलाके में मैंने व जूनियर ने पूरी नज़र बनाई हुई थी. इस दौरान हमने हैकिंग के जरिये व दुसरे तरीकों से उसके बैंक डिटेल्स व दुसरे डिटेल्स निकाले. एकबार एक छद्म वेश में मैंने उसका पीछा किया था क्योंकि मैं देखना चाहता था की आखिर वह रात के ९ बजे जब शहर की लगभग सारी दुकाने बंद हो जाती है तब वह जा कहाँ रहा है. वह एक मनोचिकित्सक के पास गया था. कुछ देर बाद जब वह वहां से निकला तब मुझे पता चला की वह उन अजीब स्तिथियों से गुजर रहा है. बस तभी मेरे दिमाग में इसके घर में घुसने व सबूत इकठ्ठा करने का विचार आया. मैंने जूनियर को इसके पीछे लगा दिया. अगली दोपहर ही उसने मुझे बताया की एक प्रीस्ट इसके घर शाम को जायेगा. हमने रास्ते में उस प्रीस्ट को क्लोरोफॉर्म सूंघाकर बेहोश कर दिया व उसे चर्च में सम्मान से छोड़ दिया. हमने सबको बता दिया की हमने इनके अकस्मात् बेहोश हो जाने के बारे में रोहन को बता दिया है. उस दौरान उसका मोबाइल और बाकी सिस्टम पूरी

तरह हैक कर लिए गए. टेलीफोन भी डिसकनेक्ट कर दी गयी. हमारे कुशल IT इंजिनियर ने यह कारनामा करके दिखाया. फिर कुछ नाटक करने के बाद मैंने उसे यह कहकर डरा दिया की उस घर का मालिक ही प्रेत रूप में यहाँ मौजूद है व उससे निपटने के लिए मुझे एकांत चाहिए. उस एकांत का फायदा उठाकर मैंने सबूत इकठा किये. मैं श्रद्धानत हूँ उस जासूस के लिए जिसने अपने प्राणों की बलि दे दी ." "कृपया उसके विषय में तो बताइए"

"वह IB का एक अधेढ़ उम्र का जासूस था जो एक कबाड़ीवाले के वेश में पिछले दो महीने से जासूसी कर रहा था. कबाड़ लेने के बहाने अक्सर वह संदिग्धों के घर घुस जाता था. एक सुनसान स्थान पर उसने एक पुराना घर जो काफी समय से खाली पड़ा था उसे अपना बेस बनाया. IB का कहना है की रोहन के विषय में उसे पूरी जानकारी थी, वह अगर उस रात उसे नहीं मारता तो अगले दिन यह बातें खुल चुकी होती."

"क्या! अच्छा तो फिर? फिर क्या, जहाँ तक ब्यूरो का पता है एक बड़े से घर को वह ट्रेस कर चुका था व उसका एक साथी वहां रह रहे नौकर के रूप में नौकरी पर लग गया. पर एक हादसा हो गया. एक दिन जब कबाड़ी वाला व नौकर आपस में बातें कर रहे थे तो रोहन के द्वारा फैलाए गए उसके खबरियों ने सारी बातचीत उसे बता दी. ऐसा हम उस ख़ुफ़िया टेप की बदौलत बता रहे हैं जो उस नौकर बने एजेंट ने उसके घर के चप्पे-चप्पे पर लगा दिया था. कबाड़ीवाले को ट्रेस करने के लिए एक पुरानी साइकिल पर उन लोगो ने कैमरा फिट कर दिया व

उस रात उन लोगो ने उसे मार दिया. फिर शायद बारिश या भूस्खलन की वजह से हमारे कांटेक्ट कट हो गए. उस घर के विषय में भी तुम लोगो ने कुछ पता लगाया?" हाँ, घर एक अमीर परिवार का था और कुछ समय पहले वह ८ लोगो का परिवार एक सड़क दुर्घटना में मारा गया. रोहन और उसके लोगो ने मौका देखकर घर पर कब्ज़ा किया व अपनी योजनाओं को बल देने लगे.

उस दिन इंस्पेक्टर राजेश व सुश्री सुमन को पता चला की मृत्यु के बाद भी वो जांबाज़ अपनी लगन से अपना काम कर रहा था. वह सारंगीवाला अमर हो चुका था और एक सच्चा देशभक्त था.

सुमन अरोड़ा

उस शाम एक भव्य भोज का आयोजन किया गया व सुश्री सुमन को मुख्य अतिथि के तौर पर बुलाया गया. वहां मीडिया व अन्य पत्रकार भी थे. प्राइवेट जासूस प्रमोद कुमार राय व इंस्पेक्टर राजेश भी मौजूद थे. वहीं पर उन्हें परानोरमल सोसाइटी ऑफ़ इंडिया का अध्यक्ष, ICMR का सदस्य व एक उत्कृष्ट कोटि की मेडिकल प्रैक्टिशनर का खिताब दिया गया.

“मैम, आपने जो किया वो काबिले तारीफ़ है. हालांकि कोई साक्ष्य तो मौजूद नहीं है. लेकिन तथ्य इसी तरफ इशारा करते हैं. लोग आपके विषय में नहीं जानते. कृपया अपने अतीत के विषय में बताइए. आप तंत्र विद्या में माहिर हैं साथ में एक उत्कृष्ट कोटि की फॉरेंसिक एक्सपर्ट भी. कृपया अपने बारे में बताइए.”

“सच बताऊँ तो आज के दिन से पहले तक मेरा खाना-पीना भी मुश्किल से होता था क्योंकि मेरे हाथ बहुत तंग रहते थे. मैं तो इंस्पेक्टर राजेश की बहुत-बहुत आभारी हूँ की उन्होंने मेरे ऊपर विश्वास किया. वस्तुतः मैं एक मध्यमवर्गीय परिवार से सम्बंधित हूँ व् पहाड़ी इलाके की रहने वाली हूँ. मेरे पिताजी खेती किया करते थे व मेरी माँ गृहणी थी. हम लोगो का परिवार एक छोटा लेकिन सुखी परिवार था. मेरे साथ मेरा एक छोटा भाई भी था. मैं उससे बहुत प्यार करती थी. क्योंकि हमारा गाँव काफी रिमोट इलाके में था इसलिए वहां डाकुओं ने अड्डा बना

लिया. वे डाकू हमसे पैसा लेते थे. बदले में हमें सुरक्षा देते थे. लेकिन जो उनका कहना नहीं मानता था उसे उसी वक्त मौत के घाट उतार दिया जाता था. कई बार वे लोग नशे में आकर गाँव की औरतों व लड़कियों के साथ अशोभनीय व्यवहार भी किया करते थे. लोगों को तंग करते थे. वे लोग कहा करते थे की वे हमारी चीता, बाघ, भालू, भेड़िया आदि से रक्षा करते हैं. वह यह बात अपने पूरे होशो हवास में कहते थे. आसपास घना जंगल था. लोग कहते थे की वह हमपर अहसान कर रहे थे और गलतियाँ तो इंसान से ही होती है. हालांकि मैं बचपन से खोजी प्रकृति की थी और एक दिन मैं जंगल से निकल गयी पर रास्ता भूलने के कारण मैं खो गयी. मैं थककर सो गयी. पर जब मेरी आँख खुली तो मैं एक टेंट में थी. पर वहां डाकू नहीं थे. वे सिपाही थे. उन्होंने बताया कि नदी किनारे मैं सोई हुई मिली थी शाम हो चुकी थी व वे कुछ भी उनके बारे में नही जानते थे इसलिए वे मुझे टेंट में ले आये. उन्होंने मुझे खिलाया-पिलाया व अगले दिन हमलोग घर के लिए निकल पड़े. रास्ते में हमे डाकू मिल गए व मुठभेड़ के दौरान उन्होंने उन सभी सिपाहियों को मार दिया उनके हथियार रख लिए व मुझे गाँव ले गए, व कहा की मेरे माता-पिता के कहे अनुसार उन्होंने मेरी खोज में जी-जान लगा दिया और अंततः मैं उन्हें मिल गयी. बाद में जब मैंने अपने माता पिता को यह बात बताई तो उन्होंने मुझे चुप रहने के लिए कहा. हमारे गाँव में कोई ऐसा नहीं था जो उनसे डरता न हो. पर एक दिन हद हो गयी. उन्होंने गाँव के सबसे तंग आर्थिक हालत के परिवार के मुखिया को मार डाला. इस तरह से किसी को मारना अशोभनीय था.

वैसे भी मैंने उन सैनिकों से खतरनाक जानवरों के बारे में पूछा तो उन्होंने बताया की वे यहाँ सिर्फ तेंदुए पाए जाते हैं वो भी करीब १०० किलोमीटर दूर. तो उनका आना लगभग नामुमकिन था. वे डाकू लोगों को डराकर रखते थे. एक विद्यालय था जो की उनके इशारों पर चलता था. हमारा परिवार गाँव के कुछ सशक्त परिवारों में से एक था. मेरे पिताजी समझ चुके थे की चुप बैठने से काम चलने वाला नहीं था और उन्होंने विद्रोह कर दिया. क्योंकि वह एक तरह से मुखिया की भूमिका में था उनको सभी के सामने सीधे मार देना एक टेढ़ी खीर थी. पर डाकू बदला लेने को आतुर थे. एक दिन पूरा परिवार सोया पर जब उठा तो सभी लोग जंगल में किसी पेड़ से बंधे हुए थे. हाँ, डाकुओं ने पूरे परिवार को बंधक बना लिया था. मेरी आँखों के सामने एक-एक कर उन्होंने मेरे माँ, बाबा व छोटे भाई को तडपा-तडपा कर मार दिया. अगला नंबर मेरा था. पर मैं जीना चाहती थी. इन डाकुओं ने जो हश्र हमारा किया वो हश्र किसी और का न हो इसके लिए सजग करना चाहती थी. किस्मत ने मेरा साथ दिया और अगले दिन की बलि के लिए उन्हें एक जीव का चुनाव करना था. उन्होंने मेरा चुनाव कर लिया और बलि के लिए सुनकर मैं बहुत डर गयी और उस रात मैं किसी तरह भागने में कामयाब रही. डाकू नशे में थे और इस कारण उन्हें कुछ पता नहीं चला. मैं बदहवास ४-५ घंटे तक भागती रही. तीन दिन से ठीक से खाना पीना न मिल पाने की वजह से काफी कमजोर हो चुकी थी. किसी नदी के पास मैं थी. मैंने नदी से पानी पिया और वहीं आराम करने के लिए लेट गयी और कब मेरी नींद लग गयी मुझे पता ही नहीं चला. जब मैं

उठी तो मैंने फिर अपने आपको एक अनजान जगह पर पाया. इस बार मैं एक कुटिया में थी. एक अधेड़ स्त्री बहुत ही स्नेह से मेरी सेवा कर रही थी. एक बुजुर्ग व्यक्ति, नहीं एक संत मेरी तरफ बहुत ही स्नेह से देख रहे थे. "बेटी चिंता मत करो. मैं जानता हूँ तुम्हारे साथ क्या हुआ. मुझे बहुत अफ़सोस है. बेटी मेरी कोई बेटी नहीं है. अब तुम हमारे साथ ही रहो. तुम बहुत संस्कारी हो और हमें तुम्हे अपने साथ रखकर बहुत ख़ुशी होंगे. हालांकि उनकी बात सही थी. आखिर मैं जंगल में कहाँ भटकती. मैंने उनके साथ रहना स्वीकार कर लिया. एक हफ्ते तक मुझे हर तरह से संतुष्ट रखा गया. उसके बाद मेरी शिक्षा का कार्य शुरू हुआ. मेरे पिताजी ने मुझे इतिहास, भूगोल, गणित, वेद, पुराण व तंत्र मंत्र की विद्या सिखाई. खाली समय में मैं अक्सर माँ की भी मदद कर दिया करती थी. शिक्षा पूर्ण होते-होते मैं नौ वर्ष से १९ वर्ष की हो चुकी थी. मेरे माता-पिता काफी बूढ़े हो चुके थे व उनका भी देहांत हो गया. मैं उन डाकूओ से बदला लेना चाहती थी. पर मुझे एक रहने के ठिकाने और खाने की जरुरत थी. मैंने पास के ही एक महिला ग्रामोद्योग में काम करना शुरू किया. वहीँ खाली समय में मैंने संत द्वारा दी गयी शिक्षा की मदद से डाकूओं का पता लगा लिया. एक बार मैं अपने गाँव भी गयी जो अब एक छावनी में तब्दील हो चुकी थी. वहां पर मैंने फॉरेंसिक जाँच पर तीन साल का सर्टिफिकेट कोर्स कर लिया. इन तीन वर्षों में मैंने उन जंगल के डाकूओं को तडपा तडपा कर मार डाला. मैंने उनके वूडू डॉल्स बनाये और फिर उन्हें मार डाला. इस दौरान मैंने एक प्राइवेट फॉरेंसिक एक्सपर्ट के रूप में कुछ पैसा जोड़कर एक लैब खोल

ली व अपना काम शुरू किया. मेरी लैब उतनी चलती नहीं थी व इसलिए मैं महिला ग्रामोद्योग से अभी-भी जुडी हूँ.

भाग २

इंटरव्यू व सम्मान समारोह में सुमन काफी थक चुकी थी. वह बस अब जल्द से जल्द सोना चाहती थी. रात के करीब दो बज रहे थे. उन्हें परानोरमल सोसाइटी में ही एक आलिशान मकान दे दिया गया जो की सुविधाओं से भरपूर था. घर पहुँचते पहुँचते ढाई बज चुके थे. पर अन्दर घुसते ही वह एक पल को आश्चर्यचकित हो गयी. एक ही कमरे में १०-१२ लोग उनकी तरफ मुस्कुराते हुए देख रहे थे. उनके चेहरे पर असाधारण तेज था. उन लोगो ने सुमन का फूल-मालाओं से स्वागत किया व सभी लोग आराम से बैठ गए. फिर बातें शुरू हुई.

सुमन: आप लोगो का यहाँ स्वागत है. क्या मैं आप लोगो का परिचय जान सकती हूँ.

एक सदस्य: हम सभी गुप्त कामुकम के सदस्य हैं.

सुमन: कृपया विस्तारपूर्वक बताएं.

रोरती: गुप्त कामुकम एक सीक्रेट सोसाइटी है जो लुप्त हो चुकी विद्या, भाषा व किताबों को संरक्षण प्रदान करती है. हमारी सदस्यता प्राप्त करना सरल नहीं. जब हमे विशवास हो जाता है की कोई व्यक्ति हमारी सदस्यता प्राप्त करने के लिए उपयुक्त है तो हम खुद उसके पास पहुँच जाते हैं. हमारी स्थापना आज से ३००० साल पहले मिस्त्र, भारत व मेसोपोटामिया के लोगो ने मिलकर किया था. हमसे जुड़े लोग हर काल में हैं व उस काल की क्षेष्ठ रचनाएँ हमे भेजा करते हैं. दूसरी सीक्रेट सोसाइटीज

के साथ भी हमारे मजबूत कनेक्शन हैं. अलग-अलग आयामों में हम काम करते हैं और हर आयाम में जीवन का विकास अलग तरह से हुआ इसलिए अगर आपको हमारे साथ बात करते हुए पंछी और कुछ जानवर भी दिख जाए तो कोई अतिश्योक्ति नहीं होगी. हमारा कार्य विभिन्न आयामों में सामंजस्य बैठाना भी है. जितने भी लोग हमारे सदस्य होते हैं वे शक्तिसंपन्न व श्रेष्ठ होते हैं. वस्तुतः भौतिक संसार में जो सामानांतर डार्क वर्ल्डस आदि होते हैं उनमे सामंजस्य बिठाने या फिर सामानांतर ब्रह्मांड में सामंजस्य बिठाने का काम अलग-अलग सीक्रेट सोसाइटीज करती हैं पर हमारा काम भिन्न है. हम डिफरेंट डाइमेंशन्स में काम करते हैं जहाँ वस्तुतः समय और परिस्तिथियाँ दोनों ही भिन्न होती हैं. कई बार यहाँ की हलचलें वहां और वहां की हलचलें यहाँ बहुत प्रभाव डालती है. आप इसकी तुलना स्पिरिट रियल्म या सामानांतर संसार से मत कीजिये, क्योंकि इसमें बसने वाले जीवों के लिए समय एक सामान चलता है. सिर्फ पोस्सिबिलिटी बदली होती है. उदाहरण के लिए आप तो जानती ही हैं की कई व्यक्ति मरने के बाद स्पिरिट रियल्म में चले जाते हैं पर वहां भी उनके लिए समय का गणित वैसा ही रहता है जैसा भौतिक संसार में रहता है. उसी तरह अगर आप डॉक्टर हैं तो समान्तर ब्रह्मांड में आप इसी समय में क्रिकेटर होंगे. जबकि अलग-अलग डायमेंशन की दुनिया में समय अलग होता है. जीव अलग होते हैं व परिस्तिथियाँ भी अलग होती है. यह एक ऐसी चीज़ है जो एक दूसरे से जुडी होते हुए भी एक दूसरे से भिन्न है! यह विभिन्न आयामों वाला संसार हर सामानांतर संसार में एक साथ होता है

व आपस में जुड़ा होता है. हम यहाँ परिस्तिथियाँ ठीक रखने के के लिए किसी मशीन या अन्य सामग्री का इस्तेमाल नहीं करते. क्योंकि इस दुनिया का संतुलन बाकी की हर दुनिया के संतुलन के लिए जरूरी होता है इसलिए हमारे इस सीक्रेट सोसाइटी में बड़ी तादाद में जादूगर, चुड़ैल व आपकी तरह तंत्र-मंत्र के जानकार हैं. पिछले कई सालों से हमारी एक बड़ी टीम इन कामों में लगी हुई है. और यह अत्यंत आवश्यक है.

“तो आप चाहते हैं की आपके साथ मैं भी शामिल हो जाऊं. कृपया आप मुझे यह बताएं की आपका सञ्चालन यहाँ कौन करता है?” “सच बताऊँ तो हमारा आदि तो है पर अंत नहीं है. सच्चाई तो यह है की इस विषय में मैं भी कुछ नहीं जानती. हमारी किताबों व मन्त्रों में ही कुछ ऐसा है जो हमें अमर कर देता है. भूख प्यास खत्म कर देता है व हमें अनंत शक्ति देता है. फिलहाल आप हमारे सभी मानदंडों पर उत्तीर्ण हुई हैं और हम आपको अपने संगठन से जोड़ने आये हैं.” “मुझे आपकी बातों पर पूर्ण विश्वास है. मैं आप से जुड़ने के लिए तैयार हूँ.” समारोह के अगले दिन उन्होंने उसके द्वारा बताई चीज़ों को खुद से देखने का निश्चय किया व उन किताबों को पढना शुरू कर दिया. किताबें खत्म करके उन्होंने किताबों में दिया हुआ अनुष्ठान चालू कर दिया और एक विचित्र स्थान पर पहुँच गई जहाँ पर वह अपने आपको पहले से ज्यादा युवा व उन्हें भरपूर शक्ति होने का अहसास हो रहा था. वह स्थान शक्ति का आदिस्तोत्र जैसा लग रहा था. फिर उन्होंने सत्यापित किया की वह किसी तंत्र या मायाजाल में तो फंसी हुई नहीं है पर ऐसा कुछ नहीं था.

वे गुप्त कामुकम की सदस्य बनाने के लिए तैयार थी. उनका वहां जोरदार स्वागत हुआ और उन्हें वहां के नियम से अवगत कराया गया.

भाग ३

विश्व में अजीब स्तिथि पैदा हो गयी थी. अकस्मात् परग्रही दोस्त भी धरती पर आ गए थे. एक गहन विचार विमर्श चल रहा था. इस बार किसी लड़ाई पर बात नही हो रही थी. इस बार की गोष्ठी मानसिक स्वस्थ्य को लेकर थी.

परग्रही: हमारे जानने वालें कई सारे परग्रहियों के गृह पर भी इसी तरह की परिस्तिथियाँ हैं.

मनोचिकित्सक: यह सच में विचित्र है. एक तो हम लोग दिमाग के विषय में ही ज्यादा कुछ नहीं जानते हैं. फिर ऊपर से इस तरह की चीज़ों के पूरी धरती पर होने की बड़ी मात्रा में जानकारियां आ रही है. बाइपोलर डिसऑर्डर, डिमेंशिया, स्लीप डिसऑर्डर, मल्टीप्ल आइडेंटिटी डिसऑर्डर व बच्चों में ADHD आदि विभिन्न मनोरोगों के होने की बात सामने आ रही है. जो लोग पूरी तरह मानसिक रूप से ठीक हैं उनमे भी स्ट्रेस व एंग्जायटी के बारे में सुनने को आ रहा है. मनोरोगों से इस समय विश्व में सबसे ज्यादा मौतें हो रही हैं. हमारे भी कई सारे साथी आत्महत्या कर चुके हैं. कई दवाएं खा रहे हैं. पागलखानों में मरीजों की बाढ़ आई हुई है. इस वजह से सकारात्मकता कम होती जा रही है. हालाँकि हम लोग भूत-प्रेत पर विशवास नहीं करते लेकिन हमारे पास बड़ी तादाद में भूत-बाधा से ग्रसित लोग आ रहे हैं.

परग्रही: सिर्फ आप ही का हाल ऐसा नहीं है. विभिन्न तारा समूहों में रहने वाले सभी परग्रही मित्रों की यही शिकायत है. एक विचित्र चीज़ और हमारे आकाशगंगा में देखी गयी है की आकाशगंगा के मध्य में स्थित हमारा कृष्णा-विवर के बड़े होने की रफ़्तार लगभग दुगनी हो गयी है. बड़ी मात्रा में एंटीमैटेर होने की भी सम्भावना है. इससे सभी पिंडों के मूल ढांचे में बदलाव हो रहे हैं. अपनी गैलेक्सी में कोई भी इसका कारण बताने में समर्थ नहीं है. ब्रह्माण्ड में लगातार विस्फोट हो रहें हैं. अगर ऐसा ही चलता रहा तो अपनी गैलेक्सी का विनाश निश्चित है,"

मनोचिकित्सक: आप जानते हैं की आप क्या बोल रहें हैं!

परग्रही: आपको विशवास नहीं तो आप खुद वेरीफाई कर लीजिये.

(भारत में)

राय: "अजीब स्तिथि में हूँ. पता नहीं क्या हो रहा है. यह सब. अभी एक हफ्ते पहले एक विचित्र केस आया. राघव नाम का एक सफाईकर्मी थाने में एक पुलिसवाले की रिपोर्ट लिखवाने आया जिसने उसकी माँ की हत्या कर दी और उसके कुछ दिन बाद एक बुजुर्ग औरत एक रिपोर्ट लिखवाती है जिसमे वह अपने २०-२२ साल के पत्रकार बेटे की गुमशुदगी की रिपोर्ट लिखवाती है. कुछ दिन बाद हत्यारा मिल जाता है. संयोग से वह औरत उस दिन थाने आती है और हत्यारे को देखकर फुट-फूटकर रोने लगती है. हत्यारा अनजान की तरह देख रहा है की यह सब क्या हो रहा है. यह केस जब मेरे पास आया तो सबूत और रिपोर्ट्स देखकर मैंने यही कहा की यह कुछ नहीं बस मेंटल

हेल्थ से जुडी समस्या है. हालांकि मुझे भी कुछ दिन से सिर में तेज दर्द है और मैं बीमार महसूस कर रहा हूँ.

राजेश: हाँ आपकी बात सही है. कुछ अजीब है. विचित्र रूप से अपराध काफी बढ़ गए हैं. एक दिन तो हद हो गयी. एक अभिनेता रातों-रात गायब हो गया. अगले दिन हमे म्यूजियम में मिले. कह रहे थे की सोये तो घर में ही थे. पता नहीं म्यूजियम कैसे पहुँच गए. हालंकि मीडिया व हमें यह पब्लिसिटी स्टंट से ज्यादा कुछ नहीं लगता है.

परानोरमल सोसाइटी की इन चीज़ों पर पूरी नज़र थी. उनके अनुसार

"नकारात्मक ऊर्जा एकदम से काफी बढ़ गयी है, ऐसा प्रतीत होता है. शैतान व भूत-प्रेतों के काफी किस्से सुनने को मिल रहें हैं. भूत बाधा के केसेस काफी बढ़ गए हैं." इस डाटा को देखकर सुश्री सुमन काफी चिंता में पड़ गयी. एकदम से इतनी अव्यवस्था फैलने का क्या कारण था यह उनकी समझ में नहीं आ रहा था. कई दिनों से उनके कामुकम(संगठन) की भी कोई खबर नहीं थी. उनकी राय व राजेश से बात हुई थी. वे भी किसी नतीजे पर पहुँचते हुए नहीं दिख रहे थे. इस दौरान उन्होंने साइंस जर्नल्स पढ़े तो विश्व स्तर पर जो भी कुछ हो रहा था उनकी नज़र में आ गया. उन्होंने अपनी विद्‍या का इस्तेमाल करने का फैसला किया व एक बार फिर अपनी दुनिया के विभिन्न आयामों में गयी. उन्हें वहां ऊर्जा पहले की ही तरह सकारात्मक प्रतीत हुई. फिर वह कई सारे सामानांतर संसार और उनके अलग आयामों में गयी. उन्हें ऊर्जा में कोई कमी

नहीं दिखाई दी. फिर उन्होंने स्पिरिट रियल्म व उसके अलग-अलग आयामों में प्रवेश किया. वहां भी कुछ असामान्य नहीं दिखा. ऊर्जा का स्तर भी नहीं गिरा था. फिर वह वापस अपने भौतिक संसार में आ गयी. उन्हें समझ नहीं आ रहा था की सभी आयाम सही हैं, तो भौतिक संसार में इतनी उथल-पुथल क्यों? उन्होंने तुरंत अपने सभी साथियों से मिलने का निश्चय किया.

भाग ४

जब उन्होंने अपने साथियों से संपर्क साधने की कोशिश की तो वह नाकाम रही. उन्होंने काफी दफा कोशिश की पर नाकाम रही. अब उनकी समझ में आने लगा की कुछ बहुत भयानक घटना हो चुकी है. उसी वक्त उन्होंने अपनी संपूर्ण शक्ति के साथ अपने आपको पूर्ण रूप से शुद्ध किया व फिर एक मज़बूत इंद्रजाल का निर्माण किया. जब अनुष्ठान पूरा हुआ व उन्होंने आँखे खोली तो उन्हें अपने माता-पिता व संत माता-पिता दिखाई दिए पर साथ में अलग-अलग आयामों में रहने वाले विभिन्न जीव-जन्तु भी दिखाई दे रहे थे. वहीँ पर उन्होंने कुछ विचित्र मानवनुमा आकृतियाँ देखी जो देखने में चुड़ैल जैसी लग रही थी. "चुड़ैल या तो अपना काम अकेले करती हैं या तो उनके गुप्त संगठन होते हैं. पर वे चुड़ैल अलग थी. वे तुरंत विभिन्न सीक्रेट सोसाइटीज से संपर्क स्थापित करने की कोशिश करने लगी लेकिन समान्तर ब्रह्मांड के कार्यों को देखने वाली सीक्रेट सोसाइटी से ही संपर्क स्थापित कर पायी.

सुमन: यह सब हो क्या रहा है?

जूनो मून: रूखोसान नाम के जादूगर ने गड़बड़ कर दिया है. वह आप ही के सोसाइटी का सदस्य है व उसके एक जादू के विपरीत प्रभाव की वजह से उसका दिमाग घूम गया है. वह अभी नया नया ही आपकी सोसाइटी में शामिल हुआ था. सही गाइडेंस के बिना उसने अपने पाठ्यक्रम से सीखी हुई चीज़ को एप्लाई करने की कोशिश की. इस वजह से वह अपना

मानसिक संतुलन खो चुका है व सभी को अपना दुश्मन समझने लगा है. उसने सारी मूलभूत संरचना को ही अस्त-व्यस्त कर दिया है. वह हमे नुकसान नहीं पहुंचा पाया वर्ना समान्तर ब्रह्माण्ड में रहने वाले लोग एक साथ आ जाते तो क्या होता!

सुमन: आपका कहना उचित है. लेकिन मैं जानना चाहती हूँ की इस विषय में आपने क्या किया?

जूनो मून: उसको मारे बिना कुछ पहले जैसा नहीं हो पायेगा. समय भी बहुत कम है. वैसे आप खुशकिस्मत हैं क्योंकि हमारी सोसाइटी व आपको छोड़कर वह सभी को बंधक बना चुका है. उसकी वजह से सारे सामानांतर संसार एक साथ आ गए हैं. यह सच्चाई है की सभी एक दुसरे से अनिभिज्ञ है. एक ही तरीका है. उसे मोर्चा खोल कर खत्म करना होगा.

(सुमन एक आभासीय वास्तविकता का निर्माण अपने ही भौतिक संसार में करती है व एक खतरनाक युद्ध शुरू होता है. पर इसमें गोला-बारूद का इस्तेमाल नहीं होता बल्कि जादू, तंत्र-मंत्र विद्या व इंद्रजाल का इस्तेमाल होता है.)

(रूखोसान आखरी साँसे गिन रहा है.) “तुम जानते भी हो तुमने क्या किया है रूखोसान!” “हाँ मैंने जो भी किया एकदम सही किया. तुम लोगो के साथ ऐसा ही होना चाहिए था. मेरा परिवार कुछ बुरी शक्तियों के कारण रातों रात खत्म हो गया. किस बात पर तुम लोग सभी वास्तविकताओं में सामंजस्य बिठाने की डींगे मारते हो. समाज में कितने पाप अत्याचार आदि हो रहें हैं. लोग एक दुसरे के खून के प्यासे हैं. उसी प्यास ने मेरे परिवार की बलि ले ली. जब वही प्यास तुम लोगो तक पहुंची

तो तुम लोग परेशान हो उठे. एकदम अकेला होने पर कैसा लगता है कभी महसूस किया है?

सुमन: मैंने भी बचपन में ही परिवार खो दिया था. मैं तुम्हारी तकलीफ समझ सकती हूँ पर वस्तुतः तुम ठीक तरह से नहीं समझ पाए. हमारा काम सभी तरह की वास्तविकताओं में सामंजस्य बिठाना है न की कर्मों में. हमेशा याद रखना चहिये की एक व्यक्ति अपने कर्मों के लिए व उसके परिणामों के लिए स्वयं उत्तरदायी है. तुम इसका ठीकरा किसी पर भी नहीं फोड़ सकते. अपना बदला लेने के लिए तुमने पूरे ब्रह्मांड के अस्तित्व को ही संकट में डाल दिया? क्या तुम जैसे जिम्मेदार व्यक्ति को यह शोभा देता है?

इसी दौरान रूखोसान की मौत हो जाती है. सारी व्यवस्था फिर पहले की तरह हो जाती है.

गुनाहगार

मैसूर राज्य में हलचल मच गयी जब जनता को यह पता चला की राजा का कीमती १०० करोड़ का हीरा चोरी हो गया. पूरे देश के लिए यह बहुत बड़ी खबर बन चुकी थी. वह हीरा महाराज को उनके पिता के द्वारा दिया गया था इसलिए वह और भी महत्त्वपूर्ण हो जाता था. उसका एकाएक गायब हो जाना बड़ी परेशानी थी. पुलिस दौड़ाई गई. राजा का ख़ुफ़िया विभाग भी इस कार्य से जुड़ गया लेकिन कोई फायदा नहीं हुआ. अंत में महाराज ने राय से मिलने का निश्चय किया.

सुबह की पहली फ्लाइट पकड़कर राय मैसूर पहुँच गए. उन्हें सम्मान से राजमहल लाया गया व उनकी खातिरदारी की गयी. कुछ देर बाद केस की पूछताछ शुरू हुई.

कृपया विस्तार से सब कुछ बताएं:-

"दिनांक ७/८/२०१६ मेरे दिवंगत पिताजी के शयनकक्ष में ही उनका कीमती हीरा पड़ा हुआ था. उस दिन सब ठीक था. पर जब अगले दिन मैं उस कमरे में आया तो देखा हीरा गायब था. पिछले दिन, रात के समय तेज आंधी आई हुई थी. पहले तो मुझे लगा की आंधी चलने की वजह से शायद वह गिर गया हो पर खिड़कियाँ बंद थी. फिर मुझे लगा की मेरे पालतू कुत्ते की वजह से वह कही इधर-उधर तो नहीं हो गया. मैंने सभी कर्मचारियों को हीरा ढूँढने का आदेश दिया व स्वयं भी उनके

साथ खोज में लग गए. काफी समय तक सब किया पर हीरा नहीं मिला. फिर मैंने सीसीटीवी देखने का निश्चय किया लेकिन हीरा नहीं मिला. हाँ एक विचित्र चीज़ जरूर देखी. मैंने देखा की हीरा अपनी जगह पर पड़ा हुआ था पर अकस्मात् ६:३०:०१ हीरा गायब हो चुका था. यह बहुत विचित्र था. न किसी का आना न किसी का जाना. दरवाज़ा खुलने की भनक तक नहीं लगी कैमरे पर. फिर उस रात आखिर क्या हुआ कुछ पता नहीं." "आपके अलावा और कोई उस कमरे में गया?" "नहीं." मैंने सोचा की सबूतों को मिटने नहीं देना चाहिए व इसलिए मैंने कोई छेड़छाड़ नहीं की. "यह आपने अच्छा किया." "क्या आपको किसी पर शक." "नहीं." वे लोग कमरे में दाखिल होते हैं व पैरों के निशान को गौर से देखते हैं. हालांकि उस चिकनी जमीन पर उन्हें कुछ नहीं मिलता. फिर वे लोग टेबल के आसपास देखना शुरू करते हैं. वहां सिर्फ एक हाथ का निशान होता है. खुद महाराज का. और कोई निशान उन्हें नहीं दीखता. इतने में ही शाम हो जाती है. काम रोकना पड़ता है. उसी रात जब महाराज उस कमरे की दराज से अपने आभूषण निकालने जाते हैं, तभी उन्हें वहां खून का थक्का कमरे की जमीन पर गिरा दिखता है. पहले हीरा गायब हुआ व फिर खून का थक्का दिखा. उसी समय राय साहब को भी यह सूचना दी गयी. राय के कमरे में घुसते ही अजीब प्रकार की हंसी भी सुनाई देने लगी. महाराज को ऐसा लगने लगा मानो कमरे में कोई और भी है पर राय ने कहा की वह धैर्य से काम लेंगे. खून के थक्के को फॉरेंसिक जांच के लिए भेज दिया गया. खून B+ था. उसका RH फैक्टर तीन भाइयों में से दो भाइयों से मिलता जुलता था. उनमे से एक भाई पिछले

एक हफ्ते से बीमार था व दूसरा ड्रग्स का व्यसनी था. सीधी सी बात थी की शक दूसरे भाई पर चला गया. महाराज ने बताना शुरू किया:

"यह अक्सर ड्रग्स के लिए फिजूलखर्च करता रहता था. मैंने कितनी ही दफा इसे समझाया की अपनी इन आदतों से बाज आये पर यह मुझसे लड़ जाता. हो न हो जरूर इसने हीरा चुराकर बेच दिया है. जब घर की तफतीश की गई तो हीरा वहीँ से मिला. उसपर उसके उँगलियों के निशान भी थे. उसको हिरासत में ले लिया गया व जेल भी भेज दिया गया. पर अगले ही दिन एक ऐसी विचित्र घटना घटी जिसने सबके होश ही उड़ा दिए. राय सुबह-सुबह वहां के स्थानीय थाने के पुलिस इंस्पेक्टर को लेकर आ गए व बीमार भाई जो हाल में ठीक हुआ था उसको गिरफ्तार करने को कहा. महाराज ने पूछा की आखिर किस आधार पर वह उनके डॉक्टर भाई को गिरफ्तार कर रहें हैं. तब राय ने बताना शुरू किया:

"यहाँ आने के दौरान मैं समझ गया की कुछ भी राजमहल से गायब करना आसान काम नहीं है. किसी बड़ी साज़िश के तहत भी यह सब हो सकता है. फिर हमे इनके कमरे में कुछ नहीं मिला और अगले दिन खून मिलना मुझे हैरान कर चुका था. हर अपराधी कुछ न कुछ सुराग जरूर छोड़ता है. मैंने खुद कमरे में तफ्तीश किया था और इनकी अलमारी से मुझे खाली बोतल

मिली. उसमे थोड़ी मात्रा में एक द्रव्य था. मैंने उस बोतल को ले लिया. बाद में मुझे इस बोतल से मृत फोटोबैक्टीरिया मिले. आखिरकार इसका वहां क्या काम? फिर मुझे याद आया की इनके छोटे भाई को इसकी जरूरत पड़ती होगी. मेरी आदत है की जहाँ भी जाता हूँ वहां का चप्पा चप्पा अपने दिमाग में बैठा लेता हूँ. मेरी सुबह-सुबह टहलने की आदत है. जब मैं सुबह टहलने छत पर गया तो देखा एक शीशा थोडा टेढ़ा करके रखा हुआ है. कुछ इस तरह की जब सूर्य उदय हो तो उसी जगह रौशनी गयी जहाँ हीरा रखा हुआ था. हीरा आपके बताये अनुसार हरे-नीले आभा का था. फोटोबैक्टीरिया भी उसी तरह की आभा प्रस्तुत करते हैं. उसी दौरान मैंने अखबार में भी पढ़ा की फोटोबैक्टीरिया की एक बोतल उसी लैब से चोरी हुई जहाँ वह काम करता था. मेरा शक यकीन में बदलने लगा. मैंने तुरंत बोतल के ऊपर हाथ के निशान की जांच कराई तो निशान उसी के थे. हालांकि मैं अबतक यह नहीं समझ पाया की इन्होने चोरी को अंजाम कैसे दिया. उसका सारा कच्चा-चिट्ठा खुल चुका था. उसने अपनी गलती कबूल किया और बताना शुरू किया- “जिस रात मुझे चोरी को अंजाम देना था, मैं ने पहले से ही सारी योजना बना ली. मैंने रात में ही शीशा ऐसे कोण पर रखा था की सुबह की पहली किरण सीधे मेज पर पड़े. कैलकुलेशन के अनुसार ६:१२ मिनट पर सूर्योदय की संभावना थी. मैं रात भर अलमारी में छुपकर इस वक्त का इंतज़ार करता रहा. ६:१२ पर सूर्योदय होते ही मैंने अपनी क्लोक मशीन चालू कर दी ताकि मैं अपने आपको सूर्य की रौशनी में गायब कर सकूं. मैंने बोतल निकाली व थोड़े फोटोबैक्टीरिया हीरा उठाते समय गिरा दिया

ताकि हीरा उठाये जाने का शक न हो. मेरे हीरा उठाते ही नौकर ने अन्दर प्रवेश किया व मैं दबे पाँव अलमीरा की तरफ बढ़ गया. शायद वहीँ मेरा हाथ कट गया और खून जमीन पर गिर गया जिसे आप लोगो ने देखा. मैंने हीरा साफ़ किया और उसे अपने पियक्कड़ भाई के कमरे में छुपा दिया. मैंने सोचा की आपके जाने पर मैं हीरा ले लूँगा लेकिन जल्दबाजी में मैं बोतल वहीँ छोड़ गया और वही मेरे पकडे जाने का कारण बना. मैंने जितना खर्चा किया वो किसी काम नहीं आया. मेरे क्लोक मशीन खरीदने के १२ करोड़ रूपए बर्बाद चले गए.

१०० करोड़ का हीरा अब सुरक्षित हाथों में था.

अंधविश्वास

पिछले ३ महीनों से रामपुर गाँव में बारिश नहीं हुई थी. किसी की समझ में नहीं आ रहा था की क्या करें. फसलों को लगातार नुकसान हो रहा था.एक दिन कुछ बच्चे खेती करने लायक एक ज़मीन पर खेल रहे थे जो की श्याम कुमार की थी जिन्हें दो दिन पहले एक बाघ ने मार दिया था. वे लोग खेल-खेल में जमीन खोदने लगे. उन्होंने ज़मीन थोड़ी और खोदी तो उसमे से सांप निकला जो फुफकारता हुआ चला गया. उसी के साथ उन्हें एक विचित्र मटका मिला जिसका मुंह पूरी तरह बंद था. उस मटके पर खतरनाक आकृतियाँ बनी हुई थी जिसे देखकर कोई भी डर जाए. बच्चों ने फैसला किया की तुरंत गाँव वालों को सूचित करना चाहिए. पूरा गाँव इकठ्ठा हो गया. लोगों ने कुछ इस प्रकार की बातें शुरू कर दी:

१. यह तो इश्वर का क्रोध है.

२ इसी के कारण बरसात नहीं हो रहा थी.

३. मैं तो हमेशा ही कहता था की यह जमीन ही मनहूस है.

४. यहाँ काली शक्तियों का बसेरा है.

५.इस जमीन के मालिक श्याम कुमार की मौत भी २ दिन पहले ही हुई है

लोग तरह-तरह की बातें करने लगे की उन्होंने भूत-पिशाच को देखा, कुछ अशुभ होते हुए देखा जैसे

-कुत्ते का रोना आदि. हालांकि सभी विस्मित थे और कोई कुछ भी सोचने समझने की हालत में नहीं था. उन सभी ने मिलकर किसी तांत्रिक से मिलने का फैसला किया. लगभग दो घंटे बाद तांत्रिक आया और उसने सीधे-सीधे कह दिया की भूमि श्रापित हो चुकी है एक भटकती आत्मा की वजह से और वे लोग उस भूमि को छोड़ दें. ज्यादातर लोग तो मान गए लेकिन कुछ लोगों के गले से यह बात उतर नहीं रही थी. बूढ़े राम चाचा ने कहा- "मेरा बचपन, जवानी और बुढ़ापा यहीं बीत रहा है. आज तक तो ऐसा कुछ नहीं हुआ. अकस्मात् यह सब कुछ...मुझे दाल में कुछ काला लग रहा है." कुछ जवान लोगों ने भी उनकी बात पर सहमती प्रकट किया. पर ज्यादातर लोग तांत्रिक की बात से ज्यादा सहमत थे. राम चाचा अपने भतीजे की वह ज़मीन नहीं छोड़ना चाहते थे. कुल मिलकर यही उनकी रोजी-रोटी थी. यह उनकी पुश्तैनी ज़मीन भी थी.श्याम के भी माता-पिता बचपन में ही गुजर गए थे. उसके राम चाचा और उनके बच्चे ही सब कुछ थे उनके लिए. दरअसल श्याम के पिताजी और राम चाचा दोनों भाई थे और संयुक्त परिवार में रहते थे. श्याम के दादा दड़ो पहले ही गुजर चुके थे और बाकी परिवार दूसरे गाँव में रहता था.. उनका अनुभवी दिमाग यह कह रहा था की कुछ गड़बड़ तो है. इसलिए पुलिस या प्रशासन के पास न जाकर उन्होंने राय के पास जाने का फैसला किया.

"आपने क्यों तकलीफ की चाचा, मुझे बुला लिया होता." "नहीं बेटे तुम्हे बहुत काम होते हैं. इस तरह मैं तुम्हे परेशान नहीं कर सकता था. माँ बाबा कैसे हैं?" "वे सब ठीक हैं." "तुम्हारे गाँव पर एक मुसीबत आ पड़ी है और उसके बाद उन्होंने

सिलसिलेवार ढंग से शुरू से अंत तक का सारा हाल कह सुनाया. “बाबा से अभी ५-६ दिन पहले ही इसी विषय पर बात हुई. फिर मेरी उनसे बात नहीं हुई. वह भी कुछ ऐसा ही कह रहे थे. हालांकि यह बात मैंने हंसी में उड़ा दी. मुझे नहीं पता था की मामला इतना गंभीर रूप ले लेगा. लगता है मुझे अपने गाँव का एक चक्कर लगाना पड़ेगा.” अगले ही दिन वे चाचा के साथ गाँव के लिए निकल गए. उनके साथ एक फॉरेंसिक एक्सपर्ट व अंगरक्षक थे. वे सीधे खेत पर पहुंचे. मटका वहीँ रखा था. उन्होंने मटके को टटोला और उसे झटके से खोल दिया. वह खाली था. फॉरेंसिक एक्सपर्ट ने तुरंत जांच किया व बताया की यह चित्र आज के समय के सामान से बना हुआ है व मटका भी एक-दो साल पुराना है. यह बहुत आश्चर्य की बात थी. उन्होंने गाँव का एक बार भ्रमण करने की ठानी. गाँव के जंगल के बाहरी छोर पर उन्हें टेंट, बैग, खाने का सामान व एक फ़ोन मिला. हालांकि यह सब टेंट के अन्दर मिला. फ़ोन डिस्चार्ज था. उसे चार्ज किया गया. फ़ोन किसी राकेश नाम के व्यक्ति का था.

राय: आपका और आपकी टीम का सामान हमे रामपुर गाँव के बाहरी छोर पर मिला है.

राकेश: जो भी हुआ उसका हम सब को खेद है. हम आपको घटना की विस्तारपूर्वक जानकारी देते हैं. “हम लोग फिल्म बनाते हैं व इसी सिलसिले में यहाँ के प्रशासन से अनुमति लेकर शूटिंग शुरू की. हमारा फिल्मांकन था की नायक को गढ़ा हुआ खजाना मिलेगा. जमीन के मालिक श्याम कुमार अपनी ज़मीन

शुटिंग के लिए देने को तैयार हो गए. फिल्म के लिए उस जगह का सीन व जमीन दोनों उपयुक्त थे. हमने रात की शुटिंग का फैसला लिया. लगभग ६ दिन पहले शाम को हमने ज़मीन में खाली मटका दबाया व टेंट में चले गए. पांचवे दिन हमारे टेंट के आसपास बाघ की आवाज़ आ रही थी. आवाज़ करीब आने लगी. हमने तुरंत टेंट छोड़ने का निर्णय लिया. लगभग ३ दिन बाद ही फारेस्ट विभाग की टीम ने वहीँ से एक बाघ को पकड़ा. उधर के इलाके में और किसी बाघ को जंगल से बाहर नहीं देखा गया था इसलिए तय था की जिस आदमखोर बाघ ने श्याम कुमार को मारा वो पकड़ा जा चुका था. जहाँ तक गाँव में बारिश न होने का कारण है तो यह रिपोर्ट आयी थी की अल-नीनो के प्रभाव की वजह से बारिश कम होगी, देर से आएगी और कार्य प्रभावित रहेगा. वह तांत्रिक भी एक ठग था और अंधविश्वास फ़ैलाने के आरोप में उसे पकड़ लिया गया है."जब तांत्रिक से इसका कारण पूछा गया तो उसने बताया की बलभद्र सिंह ने उसे इसी तरह बोलने के लिए कहा था.(बलभद्र सिंह उस गाँव का गुंडा था जो अच्छी जमीन को हथियाकर उसे महंगे दामों पर बेच दिया करता था. उसने ऐसा कई गाँवों में किया था और उसके खिलाफ पहले भी शिकायतें दर्ज कराइ गयी थी). जब उसे इस दुर्घटना के बारे में पता चला तो ज़मीन हथियाने के लिए ही उसने नाटक रचा और मुझे तैयार किया. बलभद्र सिंह को भी पुलिस ने कुछ ही दिनों में गिरफ्तार कर लिया. इस तरह से एक बहुत बड़े गुंडे और अंधविश्वास का उस गाँव में अंत हुआ.

अतिक्रमण

“उन्होंने मेरी ज़मीन पर कब्ज़ा कर लिया व मेरे आदमियों को धक्के मार कर बाहर निकाल दिया. मेरे आदमियों को भी उन्होंने गोली मार दी व फरार हो गए. कुछ देर बाद टीवी पर भी यह खबर दिखाई जाने लगी. इंस्पेक्टर राजेश तुरंत अपनी टीम के साथ घटना स्थल पर पहुंचे. आसपास के लोगो से पूछताछ किया गया. जमीन के मालिक से पूछताछ हुई. चश्मदीदों से पूछताछ हुई और एक रिपोर्ट तैयार की गयी जिसके अंतर्गत निम्नलिखित बिन्दुओं पर ध्यान दिया गया.

1. जमीन के मालिक की कोई व्यक्तिगत दुश्मनी.
2. किसी की जमीन मालिक से रंजिश.
3. जमीन का अतिक्रमण.

पुलिस ने अपने तरीके से छानबीन शुरू की व ज़मीन मालिक की कॉल डिटेल्स को खंगाला गया जिससे साफ़ पता चला की ज़मीन को एक बिल्डर से अवैध रूप से खरीदा गया था. जमीन के मालिक के अनुसार उसी बिल्डिंग को दूसरी पार्टी ने ज्यादा दाम देकर खरीद लिया. यह देखकर जब उन्होंने पैसे मांगे तो बिल्डर ने लीगल डाक्यूमेंट्स दिखाते हुए यह कहकर मना कर दिया की वह बिल्डिंग उनके द्वारा खरीदी जा चुकी है व अब उसे वापस नहीं कर सकते क्योंकि उनके क्लाइंट्स भी आगे बैठे हैं. फिर इसमें बदनामी भी बहुत होती है. उस समय तक मालिक को यह नहीं पता था कि वही बिल्डिंग दूसरे दाम में एक दूसरे

आदमी को भी बेच दी गयी है. जब दूसरे आदमी का इंटरव्यू लिया गया तो उसने यही कहानी पहले व्यक्ति के विषय में सुनाई. अंत में पुलिस को लगा की मुख्य कड़ी बिल्डर है. पुलिस ने बिल्डर से पूछताछ का फैसला किया. पुलिस जब बिल्डर के दफ्तर पहुंची तो वहां देखा की दफ्तर में आग लगी हुई है व दमकल विभाग की गाड़ियाँ अपने कामों में लगी हुई है. यह तो और विचित्र स्तिथि हो गयी. कागज़ जल चुके थे. दफ्तर जल चुका था. अब तफ्तीश आगे कैसे बढ़ेगी. हालांकि जो कॉल रिकार्ड्स थे उनमे इनके नाम के साथ इनकी आवाजें पहचानी जा सकती हैं. उसमे साफ़-साफ़ खरीद-फरोख्त की बात सामने आ रही थी. केस थोडा लम्बा खीच चुका था. कई लोग लपेटे में आये पर सीधा कोई साक्ष्य नहीं मिल पा रहा था. फिर कुछ ऐसा हुआ जिसकी उम्मीद किसी को नहीं थी. एक ठिगने से अधेड़ आदमी जिसे जासूस प्रमोद कुमार राय के गाँव से गिरफ्तार किया गया था उसने उस बिल्डर का नाम लिया. उसने और भी कई बातें बताई जो जॉइंट प्रेस रिलीज़ में पुलिस और राय ने बताया:

“हमारे गाँव में एक घड़ा मिलने की घटना सामने आई थी जिसमे लोग इसे अंधविश्वास से जोड़कर देख रहे थे. यहाँ तक की वहां का स्थानीय प्रशासन भी इस बात का यकीन कर रहा था. और इस वजह से तफ्तीश से बच रहा था. इसी वजह से वहां पर रहने वाले रहीमचाचा ने मुझसे कांटेक्ट किया व मुझे इस केस में दखल देने के लिए मनाया. यह केस अपने आप में ही दिलचस्प था इसलिए मैंने सहर्ष स्वीकार कर लिया. उधर ही मुझे तांत्रिक के विषय में पता चला जिसने बिना किसी प्रयास

के सीधे गाँव वालों को गाँव खाली करने का सुझाव दिया. मुझे अकस्मात् यह सब अजीब लगा की गाँव में यह सब कैसे हो रहा है. यह मेरा अपना गाँव है. उधर गाँव के केस का निपटारा करके मैंने इस तांत्रिक की खोज चालू कर दी. लोगो द्वारा बताये गए हुलिए के अनुसार यह मुझे जंगल में तीन-चार लोगों के साथ दिखाई दिया. हमने उसे वहीँ पकड़ लिया. हालांकि इसके साथी भाग गए. जब यह हमारी गिरफ्त में आ गया तो इसने अपना गुनाह स्वीकार कर लिया व स्टेटमेंट देने के लिए भी राज़ी हो गया की आखिर उसने यह सब क्यों किया.

मेरे गाँव के ही स्थानीय पुलिस स्टेशन में इसका स्टेटमेंट रिकॉर्ड हो गया. कोर्ट में भी सब साबित हो गया.

इसने कहा था-

" वह बिल्डर लोगों की ज़मीन पर कब्ज़ा करके ऊंचे दामों पर जरूरत के मुताबिक दूसरे लोगों को बेचा करता था. सिस्टम की खामियों को अपने फायदे के अनुसार इस्तेमाल करने में माहिर था. उसी उद्देश्य से मुझे भी तांत्रिक बनाकर भेजा गया था. वे लोग भी किसी फिल्म के क्रू नहीं थे बल्कि किराये के एक्टर्स थे जिन्हें बात को घुमाना था. क्योंकि आप एकदम से इस केस में दिलचस्पी दिखाएंगे यह किसी ने नहीं सोचा था. जब उन्होंने तांत्रिक को बुलाया तो उस तांत्रिक को पैसा देकर हमने अपनी तरफ मिला लिया व खुद वहां गया. हमे वह ज़मीन चाहिए थी व इसलिए यह सारा नाटक किया." प्रेस रिलीज़ खत्म हो जाती है व कुछ और समय तक पूछताछ का सिलसिला चलता रहता है जिसके बाद भू-माफिया के एक बड़े समूह का पर्दाफ़ाश होता है.

हत्या

वह रात बहुत भयानक थी. सांय-सांय हवा चल रही थी व लोग घरों के अन्दर ठण्ड से ठिठुर रहे थे. रात के करीब २:३० बजे के आसपास लगभग ३-४ रिक्टर स्केल का भूकंप आया था. कई लोगों ने तो यह महसूस भी नहीं किया लेकिन कुछ ने महसूस किया. पर इससे ज्यादा कुछ नुकसान नहीं हुआ. अगली सुबह हुगली नदी के किनारे के लोगो ने कुछ ऐसा देखा जो बहुत डरावना था. उन्होंने पानी में बहता हुआ शव देखा. सूचना तुरंत पुलिस को दी गयी. पानी कुछ कम हुआ तो पुलिस ने अपनी तफ्तीश शुरू किया. उस इलाके में एक मकान ढहने की भी पुष्टि हुई थी. हालांकि मकान काफी दिनों से खाली था. जब शव की फॉरेंसिक जांच हुई तो पता चला की यह लगभग तीन महीने पुराना किसी ४०-४५ साल के व्यक्ति का कंकाल है. बाकी कुछ भी पता नहीं चल पाया. हालांकि जब से शव आया था तब से उधर कई लोगो को डरावने सपने आने लगे थे. अंत में केस राय साहब के पास चला गया. राय सूचना मिलते ही हूगली के लिए निकल गए. उनके पहुँचते ही उनका उचित आदर-सत्कार किया गया व फिर केस के विषय में उन्हें पूरी जानकारी दी गयी. केस सच में विचित्र था. फॉरेंसिक जांच में कुछ विशेष पता नहीं चला था. उस इलाके में बारिश के दौरान इतने घर गिरते थे की किसी भी ठोस नतीजे पर पहुंचना मुश्किल था. वह एक तंग गली थी जहाँ स्थानीय लोग रहते थे इसलिए सीसीटीवी आदि का सवाल ही नहीं उठता था. समय यन्त्र

नियमों के मुताबिक उसका इस्तेमाल साधारण कार्यों हेतु नहीं किया जा सकता था. सिर्फ असाधारण परिस्तिथियों में ही उसका इस्तेमाल किया जा सकता था. समय यन्त्र को गुप्त रखना आवश्यक था. तो राय आखिर करें तो क्या करें? आज से पहले इस तरह की परिस्थिति में वे विरले ही फंसे थे. पर यह उनकी पहचान थी की वे अपने हाथ में आये हुए कोई भी काम को पूरा किये बिना नहीं छोड़ते थे. उस रात उन्होंने सुमन को फ़ोन किया उनकी मदद करने के लिए. अगले दिन की पहली फ्लाइट पकड़कर सुमन बंगाल पहुँच गयी व राय से उनकी मुलाकात हो गयी. "क्या आपने यह जांच लिया है की यह कंकाल कब्रिस्तान का नहीं है. हाँ आसपास के किसी कब्रिस्तान में कोई खुदाई नहीं हुई है. कब्रिस्तान में पहरेदारी करने वालों ने यह भी कहा की पिछले ६ महीनो से कब्रों की चोरी पर प्रशासन ने जबरदस्त लगाम लगाया है. तो आखिर कारण क्या है? क्या आप इस विषय पर कुछ कर सकती है- "क्यों नहीं, मैंने अपने आपको और मजबूत किया है. मैं आपकी मदद कर सकती हूँ." इस शाम उन्होंने फिर उस प्रक्रिया को दोहराया पर इस बार किसी भी आत्मा से संपर्क नहीं हो पाया. पर उस रात सपने में सुश्री सुमन का संपर्क हुआ. पहले तो सुमन उसे देखकर समझी की यह मात्र एक साधारण स्वप्न है पर जैसे-जैसे यह करीब आने लगा उन्हें स्वप्न में ही आभास होने लगा की यह कुछ विचित्र है. स्वप्न में उसने उसका अभिवादन किया व उन्हें बताया की वह शक्तिशाली है पर इतना नहीं की सीधा संपर्क साध सके. हालांकि उसने उन्हें बताया की उसकी हत्या हुई थी और इस दौरान उसने उन्हें यह भी बताया की वह कौन सा घर था.

हालांकि वह हत्या की वजह बताने जा ही रहा था की तभी आवाज़ सुनाई पड़ी- “सुमन जी, सुमन जी आप ठीक तो हैं. हडबडाकर सुमन उठ गयी. उनका माथा गर्म था. शायद घबराहट व डर व पहली बार किसी आत्मा से स्वप्न में मिलने की वजह से उनकी यह हालत हो गयी थी. उन्होंने थोडा चाय-पानी पीकर आराम किया. जब वो थोडा ठीक हो गयी तो उन्होंने स्वप्न में उनके साथ जो कुछ भी हुआ वह सब बता दिया. आप जैसी योग्य व्यक्ति को मैं अपनी जान जोखिम में नहीं डालने दे सकता. आपको अभी-भी तेज बुखार है. आप सिर्फ एक काम और कर दें. आप हम दोनों का संपर्क उससे तोड़ दे क्योंकि यह हम दोनों के लिए घातक भी हो सकता है क्योंकि आप ही मुझे एक दिन बता रही थी की कई बार ज्यादा ताकतवर शक्ति कम ताकतवर शक्ति को अपने वश में कर लेती है. इस तरह से हमे नुकसान भी हो सकता है. वैसे भी पहली बार में ही आपको इतना ताकतवर झटका लगा. जितना आपने बताया उतना काफी है. बाकी का काम आप मुझपर छोड़ दीजिये और यह कहकर उन्होंने सुमन के अच्छे स्वस्थ्य की कामना की और चले गए. उन्हें इतना होने के बाद भी सुमन पर पूरा विश्वास था. आज उन्होंने सबसे पहला काम यह किया की सुमन के द्वारा बताई गई जगह का दौरा किया. बाढ़ का पानी काफी घट चुका था और वहां एक टूटे हुए घर के आलावा और कुछ भी नहीं था. घर का काफी मलबा बह चुका था और कुछ भी साफ़ नहीं था उधर. उन्हें कुछ भी ऐसा नहीं मिला वहां पर जो कुछ बता सके. हालांकि मलबे के ढेर के नीचे उन्हें पॉलिथीन के अन्दर एक पेनड्राइव और दो-तीन CD मिली. इसका यहाँ मिलना

आश्चर्यजनक था. सुमन के साथ मिलकर यहाँ तक पहुंचना उनके और सुमन के आलावा किसी को पता नहीं था क्योंकि इसके दकियानूसी होने का शक जाता. राय तुरंत होटल पहुंचकर अपना लैपटॉप निकाला व एक-एक कर प्राप्त CD और पेन-ड्राइव को चलाना शुरू किया. उसमे विचित्र चीख-पुकार सुनाई दे रही थी व बीच-बीच में एक व्यक्ति को बार-बार यह कहते सुन रहे थे की मज़ा आ रहा है या और मज़ा करना है. एक पेनड्राइव में तो लगभग एक घंटे का विडियो भी था जिसमे एक व्यक्ति को कुर्सी पर बैठा हुआ देखा जा सकता था. वह कह रहा था की तुम्हारे किए की सजा तुम्हे मिलकर रहेगी. और फिर काफी बच्चों की तस्वीरें उसमे दिखाई गयी. राय ने उन बच्चों के बारे में पूछताछ करने का फैसला लिया . आश्चर्य की बात थी की इस विषय पर कोई कुछ नहीं जानता था. वे वापस आ गए व कुछ देर आराम करने के बाद लेट गए. इस दौरान कब उन्हें नींद लग गयी पता भी नहीं लगा. नींद में उन्हें एक भयानक सा चेहरा दिखा जिससे वह हडबडाकर उठ गए. वह हँसता हुआ चेहरा उनकी आँख के सामने बार-बार नाच रहा था. उस दिन उन्होंने उसकी तस्वीर बनवाकर अपने बैग में रख लिया. यह उनकी एक साइकोलॉजिकल ट्रिक थी ताकि उनका ध्यान बार-बार उसकी तरफ ना जाए. मामला तूल पकड़ता जा रहा था व सारी बातें मीडिया में खुलती जा रही थी. इस सिलसिले में दिल्ली से एक स्पेशल पुलिस की टुकड़ी राय की मदद के लिए भेज दी गयी जिसमे दिल्ली में तैनात इंस्पेक्टर राजेश भी शामिल थे. क्योंकि इसमें हत्या आदि का एंगल भी जुड़ चुका था जो की CD व पेनड्राइव के माध्यम से उन्हें मिली थी. सुमन

परानोर्मल सोसाइटी के काम से पहले ही निकल चुकी थी. राय व राजेश में लम्बे समय तक इन विषयों पर बातचीत हुई. फिर राय ने जब वह चित्र दिखाया तो इस चित्र को देखकर राजेश अवाक रह गए. उन्होंने कहा की यह तो ह्यूमन ट्रैफिकिंग करने वाला बब्बर शमशेर है जिसको तीन महीने पहले मध्य प्रदेश में बड़ी मात्रा में बच्चों व विभिन्न मानव अंगों के साथ गिरफ्तार किया था. राय के लिए यह केस और विचित्र हो चुका था. एक आत्मा ,CD व पेनड्राइव में चीखने चिल्लाने की आवाजें, सपने में इंसानों की खरीद-फरोख्त करने वालों का दिखना व उनके जैसे कई लोगों के अक्स दिखना. जो इस कार्य में शामिल थे या फिर जिन्होंने कंकाल देखा था. कंकाल की फॉरेंसिक जांच में कुछ विशेष न आना यह सब विचित्र व अप्रत्याशित था. राय को जैसे अब सब समझ में आ गया. उन्होंने तुरंत दिल्ली से बब्बर शमशेर को बुलवा लिया व सीधे पूछताछ कक्ष में उसे सच्चाई बताने को कहा गया- तब उसने कहना शुरू किया-

“हाँ आपका कहना सही है. मैं ही गुनाहगार हूँ. उस दिन मैंने रामसिंह को नींद की दावा मिलकर चाय में दिया ताकि वह बेहोश हो जाए. फिर अपने साथियों की मदद से उसे दीवार में इस तरह चुनवा दिया की किसी को कानो-कान खबर न हो. दरअसल हम लोग मानव-तस्कर हैं. हमारे एक साथी ने मुझसे कर्ज़ लिया था पर समय पर वापस नहीं कर पाया. फिर वह नया-नया ही समूह में शामिल हुआ था. सो हमने उसके बच्चे जिसमे एक पांच साल का बच्चा था उसे उठा लिया और जल्द से जल्द पैसा देने को कहा पर उसने हमे पुलिस के पास जाने की धमकी दी. अब पानी सर से ऊपर जाने लगा था. हमने उसे

घर बुलाया व बातों में उलझाकर उसको जिन्दा दीवार में चुनवा दिया. इससे पहले हमने उसे उसके बच्चों के दूसरे बच्चों के साथ टॉर्चर वाले वीडियो भी भेजे और यह भी कहा की साथ न देने पर उसकी मौत निश्चित है. पर अंततः हम फंस गए. उसी दिन हमने घर छोड़ दिया और खण्डवा भाग गए पर बदकिस्मती से पकडे गए.

मौत का सफ़र

अफ्रीका की सबसे ऊंचे पहाड़ी इलाके व खदानों में एक खबर ने सभी को भारत में जगा दिया. विश्वप्रसिद्ध भारतीय भूगर्भ वैज्ञानिक सुजीत बनर्जी की रहस्यमयी परिस्तिथियों में मौत की खबर मिली. हालांकि उनका शरीर तो नहीं मिला था पर वहां के स्थानीय प्रशासन द्वारा कुछ खोजबीन करने पर वहां से खून में सने हुए उनके कपडे, मोबाइल, लैपटॉप, बैग, आदि मिले थे. वहां से आगे कुछ लोगों के क़दमों के निशान थे पर उसके आगे कुछ नहीं था. पहाड़ी तक जाकर वे निशान भी खत्म हो जाते थें. आसपास जितना संभव हो सकता था उतना खुदाई करवाई गई, खोजबीन करवाई गई पर कुछ भी नही मिला.

सुबह-सुबह ही प्रमोद कुमार राय को केस की छानबीन के लिए काल आ गयी की उन्हें अफ्रीका जाना है . विभिन्न दूसरी एजेंसिया भी अपने हिसाब से खोज कार्यो में लगी हुई थी. उसी दिन दोपहर को राय अपने जूनियर व अपनी बहन (न्यूरोलॉजिस्ट) को साथ लेकर अफ्रीका के लिए निकल पड़े. कुछ घंटों के सफ़र के बाद वो लोग अफ्रीका पहुँच गए. बहुत प्रचंड गर्मी थी वहां पर. उनके लिए एक ७ सितारा होटल बुक हुआ था उस इलाके में जहाँ से वारदात वाले इलाके कि दूरी महज १५-२० किलोमीटर थी. उस समय करीब शाम के ५ बज रहे थे. सभी लोग थकान की वजह से खा-पीकर सो गए. पर राय की आँखों में नींद नहीं थी. उन्हें समझ नहीं आ रहा था की आदिवासियों के तराई इलाके में तफ्तीश कैसे करेंगे और साक्ष्यों से भी छेड़छाड़ होने की सम्भावना काफी अधिक थी.

भाग २

अगले दिन वे सबसे पहले वहां की लोकल अथॉरिटीज के पास पहुंचे और सारी जानकारी इकठ्ठा की. वहां पर उन्हें यह जानने को मिला की भालों से गोद-गोदकर उनकी हत्या कर दी गयी. आदिवासियों के मुखिया के मुताबिक उस व्यक्ति ने उनके पवित्र धार्मिक प्रतिमा को प्राचीन पत्थर कहकर ले जाने की कोशिश किया था, और उनके न मानने पर हमने उन्हें तडपा-तडपा कर मौत की सजा दे दी. उनके दिमाग में कुछ कौंधा फिर उन्होंने पूछा की क्या कभी आपलोगों ने उस मूर्ती को छूने की कोशिश की है? उन्होंने कहा की वहां के धर्म गुरु वर्ष में एक बार मूर्ती को धोते हैं, बाकी वहां पर किसी का भी मूर्ती छूना वर्जित है. उस मूर्ती की पूजा बहुत समय पहले से ही वहां पर चली आ रही है. बाहर वालों को तो वहां प्रवेश भी वर्जित है. आज से १०० साल पहले तक वह स्थान सबके लिए खुला होता था पर फिर एक अँगरेज़ के वहां पर जाकर आत्महत्या करने के बाद से वहां पर अपशकुन होने लगे थे और इस वजह से वहां पर बाहरी लोगों का प्रवेश वर्जित हो गया. राय समझ गए की उस स्थल पर कुछ न कुछ गड़बड़ है पर वह क्या है उसको जानने के लिए उस स्थल पर जाना जरूरी था. उन्होंने अधिकारियों से मंदिर जाने पर विचार-विमर्श किया और अंत में निश्चित किया की राय, बहन नीतू व ४-५ अधिकारीयों के साथ कल धर्मस्थल जाया जाएगा. उससे पहले आदिवासियों से बातचीत करना ज़रूरी था.

अगले दिन सुबह-सुबह राय कुछ अधिकारियों को लेकर आदिवासी बस्ती की तरफ गए. वहां पर उन्होंने पाया की वस्तुतः वे आदिवासी एकदम पुराने आदिवासियों की तरह तो नहीं रहते पर वस्तुतः वे एक बस्ती में रहते थे, गरीबी में रहते थे. उन्होंने उन आदिवासियों से उनके मुखिया से मिलने की पेशकश की. आदिवासियों में बहुत एकता थी. पहले तो उन्होंने साफ़ मना कर दिया पर उनकी पूरी तरह जांच-पड़ताल कर लेने के बाद जब उन्हें विश्वास हो गया की इससे उनके मुखिया को कोई हानि नहीं होगी तब उन्होंने उन्हें अनुमति दे दी. एक आदमी उन्हें वहां तक ले गया. वहां पर उन सभी ने एक लम्बा-चौड़ा गोरा आदमी देखा जो कहीं से भी अफ्रीकन नहीं लग रहा था. वह तो देखकर ही ब्रिटिश मूल का लग रहा था. वह आदिवासी जो उन लोगो के साथ आया था उसने बताना शुरू किया कि एकदिन हमारे पुराने मुख्य धर्म गुरु गायब हो गए और यह प्रकट हुए. इन्हें हम भगवान् की तरफ से भेजा हुआ फ़रिश्ता मानते हैं क्योंकि इनके उस मंदिर में रहस्यमयी तरीके से मिलने के बाद ही दोपहर में हमारे मुखिया भी हमे एक सुनसान गुफा में सोये हुए मिले. जब हमने उनसे पूछा की आप यहाँ सो रहें हैं तब उन्होंने इनको देखते ही इन्हें प्रणाम किया और कहा की सपने में उनके इष्टदेव ने उनसे कहा की जबतक कोई तुम्हारा नाम लेकर तुम्हे न पुकारे तब तक आँखे मत खोलना. तुम्हारी जगह मैंने अपना एक दूत भेजा है और अब मैं तुम्हे अपने पास वापस बुलाना चाहता हूँ अतः तुम अपने निवास स्थल वापस पहुँचने के बाद पूरे विधि-विधान से आत्मदाह कर लेना. यह सब खबरे सभी को आश्चर्यचकित कर रही थी. ११० वर्ष पूर्व

अँगरेज़ की मौत, अंधविश्वास की वजह से पुराने मुखिया की मौत, पर्वतारोही बनर्जी की मौत और यह अँगरेज़! राय आश्चर्यचकित थे और परेशान भी. वह कुछ भी लिंक नहीं कर पा रहे थे. हालांकि उन्होंने मुखिया से मंदिर में प्रवेश की अनुमति मांगी पर मुखिया ने अनुमति नहीं दी. न ही बनर्जी की मौत जिस जगह पर हुई थी, वहां जाने की परमिशन दी गयी. अब राय ने ठान लिया की उस स्थल पर पहुँच कर रहेंगे और उसी वक्त मुखिया की हाँ में हाँ मिलाकर अधिकारियों के साथ निकल गए. उन्हें तो सब देख ही चुके थे इसलिए उनका कोई भी तर्क लगाना उनकी मौत को दावत देने वाला था इसलिए उन्होंने एक युक्ति निकाली और अपनी बहन को एक आदिवासी युवती बनने के लिए मना लिया. क्योंकि नीतू ने अफ़्रीकी भाषा सीखी हुई थी तो उसे ज्यादा मुश्किल नहीं हुई. एक आदिवासीं को पैसों का लालच देकर उन्होंने अपनी बहन को उसकी बेटी बनाकर भेज दिया और सही वक्त का इंतज़ार करने लगे.

भाग ३

लगभग डेढ़ महीने बाद एक दिन आधी रात को नीतू भागती हुई घर वापस आई. वह आदिवासी वेश में थी. "तुम ठीक तो हो , कोई पीछे तो नहीं पड़ा, आदि बातें एक साथ राय ने दरवाज़ा खोलते हुए पूछ लिया. नीतू ने बताना शुरू किया की सब ठीक है, बल्कि आदिवासियों का व्यवहार अपेक्षाकृत बहुत अच्छा है. वह सब सिर्फ नाम के आदिवासी हैं. बस थोड़ी गरीबी में रहते हैं. वहां पर सभी को सिर्फ मज़हबी शिक्षा का अधिकार है और कोई भी अगर उससे आगे की सोचता है तो उसे वे लोग हमेशा के लिए अपने समूह से निकाल देते हैं. हालांकि उनका क़ानून उन्हें सीधे मौत के घाट उतार देने की आज्ञा देता है. अच्छा भाई वहां के मंदिर में मैं फाइबर गिलास की मूर्ति रखकर यह मूर्ति चुरा कर ले आई हूँ. राय ने उसी वक्त उस मूर्ति की जांच-परख शुरू की व एकदम से उनकी आँखे चमकी. उन्होंने उसी क्षण उस मूर्ती को तोड़ दिया व उसमे से हीरा निकला. नीतू हीरा देखकर हैरान थी. उसने कहा-"भाई, यह आपने क्या किया, उनकी मूर्ती तोड़कर आपने ठीक नहीं किया." फिर राय ने कहना शुरू किया-"तुम निश्चिन्त रहो, मैंने कुछ भी गलत नहीं किया. आगे-आगे देखो क्या होता है." उसी क्षण उन्होंने अपने साथ के कुछ सिपाहियों के साथ उसी समय बस्ती में जाकर मुखिया, उसके चमचों और उसके पूरे परिवार को बंदी बना लिया और स्थानीय पुलिस थाना ले जाया गया. वहां पर पूछताछ शुरू हुई. शुरुआत में तो मुखिया यही बताता रहा की

वह इश्वर का भेजा हुआ फ़रिश्ता है पर जब राय ने टूटी हुई मूर्ति और उसमे से निकला हुआ हीरा दिखाया तो पहले तो वह श्राप देना शुरू कर दिया पर जब राय ने सभी के सामने यह राज उजागर किया की यह मूर्ति फाइबर की है तो मुखिया ने बताना शुरू किया की:

"मैं ७५ वर्ष का हूँ. मेरा असली नाम जोसफ जॉर्डन है. मैं एक स्मगलर था और अब भी हूँ. हम लोग दूसरे देशों में जाकर प्रसिद्ध हीरे चुराते हैं. खानों से कच्चे हीरे चुराते हैं व उन्हें बेचकर पैसा बनाते हैं. आज से ५५ वर्ष पहले मैं इस गिरोह से जुड़ा था. ११० वर्ष पहले जो अंग्रेज मारा गया था उसने एक रात पहले ही अपनी डायरी व कुछ लेखों को अपने जूनियर के द्वारा घर भिजवा दिया था. वह और कोई नही मेरे दादा थे. मेरे पिताजी बहुत दुखी थे. उनका डायरी और लेखों में कोई दिलचस्पी नहीं थी. उन्होंने बस यादगार के रूप में उसे सहेज के रखा था. मैं भी दादाजी से बहुत प्यार करता था पर क्योंकि मैं एक स्वभाव से क्रोधी नवयुवक था. मैं बदला लेना चाहता था. मैंने उसी समय उस आदिवासी समूह से बदला लेने का निश्चय किया व संयोग से अपने पिता के व्यवसाय से जुड़े कामों के लिए मुझे यहाँ आना पड़ा. मेरा एक मित्र सम्मोहन की विद्या जानता था जिसके बलबूते पर हमने उस समय के मुखिया के मन में वे सब बातें बिठाई जो आपको सुनने में आई थी. एक-एक कर उसी तरीके से उनके अंधविश्वास का फायदा उठाकर मेरी योजना वहां के सभी महत्त्वपूर्ण लोगो को मारने का था पर एक दिन मुझसे गलती से मंदिर की मूर्ती टूट गयी. वह असली प्राचीन मूर्ती थी. मेरे मंदिर के एक सहकर्मी ने यह

होते हुए देख लिया और शोर मचाने लगा. मैंने उसे मना किया तो उसने मुझे कहा की एक ही शर्त पर वह तैयार हो सकता है की मैं उसकी वह हीरा लेने में मदद करूँ जो मुखियाओं की सदियों से चली आ रही पुश्तैनी संदूक में रखा है. बातचीत के दौरान ही उसने मुझे अपने समूह में आने का मौका दे दिया और बताया की वह वस्तुतः उसे मारने की फिराक में था पर जब उसने पाया की मैं खुद एक घुस्पैठियाँ हूँ तो उसने एक से भले दो वाली नीति अपनाते हुए मुझे भी अपने साथ मिला लिया. पैसा किसे अँधा नहीं करता. मैं सब कुछ भूल गया और हमने उन्हें खूब लूटा और खसोटा. हमने बेशुमार दौलत बनाई व हीरों की काला-बाजारी की. रोज इंटरनेशनल कंपनी ही यह गोरखधंधा करती है. बनर्जी को इसलिए मरवाया क्योंकि उसने मेरी और वाटसन (जिसकी वजह से यह इस गोरखधंधे में आया) की बातें हमारी अगली योजना से सम्बंधित सुन ली थी. जब इन सभी बातों की गोपनीय तरीके से पुष्टि हो गयी तब एक दिन कई देशों में एक साथ छापा मारकर इस MNC का पर्दाफाश हुआ. खरबों रूपए के हीरे जब्त हुए. कई नामचीन लोग सलाखों के पीछे पहुँच गए. यह सब कुछ सिर्फ नीतू और प्रमोद कुमार राय की वजह से संभव हो पाया.

चोरी

राय साहब अभी-अभी पूजा करके उठे ही थे की तभी नीतू ने उन्हें आकर बताया की एक आदमी उनसे मिलने आया है. वह चाहता है की आप जल्द से जल्द उससे मुलाकात करे. कुछ देर बाद दोनों मिलते है.

नोहन खार्खंगोर(नीशू):सर मैं नोज़ इंटरप्राइजेज का मालिक हूँ. मैं असम का रहने वाला हूँ. लगभग एक महीने पहले मेरे अकाउंट से ३३ लाख रूपए निकाल लिए गए.

राय: कृपया विस्तार से बताये.

नीशू: वह सोमवार का दिन था. मैं घर में अपनी पत्नी और छोटे बच्चे के साथ था. तभी मुझे किसी कारणवश अपने दफ्तर जाना पड़ा. वहीं से बिज़नस की वजह से मैं बैंक के लिए निकल गया. जब मैंने वहां अपना बैंक बैलेंस चेक किया तब मुझे पता चला की ३३ लाख रूपए तो चोरी हो चुके हैं.

राय: तो फिर आप सीधे पुलिस के पास गए.

नीशू: नहीं साहब. मैंने बैंक से इनफार्मेशन निकाली जिसमे पता चला की २० दिन पहले एक व्यक्ति ने १८ लाख का निकासी किया. ५ दिन बाद उसी अकाउंट से १५ लाख रूपए और ट्रान्सफर किये गए. हालांकि बैंक ने इस निकासी से पहले पार्टी से कन्फर्म करने की कोशिश किया लेकिन उनका फ़ोन पर कोई कांटेक्ट नहीं हो पाया. मेरी न उस व्यक्ति से कोई जान-पहचान थी न कोई और रिश्ता पर पता नहीं ऐसा कैसे हो गया. मुझे ज्यादा

कुछ अब समझ में आना बंद हो गया था और मैं सीधे पुलिस के पास गया. मैंने रिपोर्ट लिखवाई. कारवाही शुरू हुई पर शुरुआत में कुछ ठोस नहीं मिला. बैंक से इनफार्मेशन निकाली गयी. पर जब उस लोकेशन पर हम लोग पहुंचे तो उस जगह पर कोई घर नहीं था. उसकी ट्रैकिंग आसान नहीं था. अंत में मैंने आपके पास आने का फैसला किया.

राय: आपने जो बात बताई वो वाकई में आश्चर्यजनक है. और कुछ बातें बताइए.

नीशू: जब मैंने ब्रांच से सबकुछ विधि पूर्वक बताने के लिए कहा तो उन्होंने कहा की मेरे कंसेंट पर ही पैसे ट्रान्सफर किये. अब पुलिस का कहना है की यह एकदम कानूनी काम है जबकि मैं जानता हूँ की यह ग़ैरकानूनी काम है. सरकारी संस्थान तो काम कर ही रहें हैं पर मैं चाहता था और मुझे ऐसा लगता है की मुझे आपकी सख्त जरूरत है.

राय: आपकी तारीफ के लिए शुक्रिया पर आप जानते हैं की मैं एक प्राइवेट डिटेक्टिव हूँ तो...

नीशू: सर आप उसकी चिंता मत कीजिये.

राय: ठीक है सर, आप अपना नाम, पता, FIR, अब तक की जांच का निष्कर्ष, बैंक बैलेंस और उससे जुड़े निकासी की डिटेल देते जाइए.

उस शाम राय डाक्यूमेंट्स को ही देख रहे होते है. वे थोड़े से परेशान भी दिख रहे होते हैं. यह केस देखने में कोई बहुत हाई-फाई केस नहीं था पर वे किसी ठीक निष्कर्ष पर नहीं पहुंच पा

रहे थे. देर तक सोचते सोचते वे सो गए. ३ दिन के बाद राय अपने जूनियर के साथ कुछ जरूरी साजो-सामान के साथ असम पहुँच चुके थे. पहले तो उन्होंने अपनी पहचान छुपाई, दो कमरे एक अच्छे होटल में रहने के लिए बुक कर दिए व उसके बाद उस सेठ से मिलने गए. वहां से वे लोग सीधा पुलिस के पास गए.

“पिछले एक साल घर में ही चोरी की खबरे या फिर धोकाधडी से जुडी खबरे आ रही हैं. बैंक फ्रॉड से इसमें सबसे ज्यादा जुडी खबरें आ रही है. शहरों में इस तरह की खबरें आम हो गयी है. गाँवों से चोरी की खबरे ज्यादा आ रही हैं. पिछले ६ महीने में इसमें बढोतरी कुछ ज्यादा ही हो गई है. साइबर सेल भी नाकाम है. राय बीच में टोकते है- “हाँ, इन्होने मुझे बताया था की आपलोगों का कहना था की निकासी इन्ही के कंसेंट से हुआ था जबकि इनका कहना है की इनको कुछ याद नहीं. सर अधिकतर फ्रॉड से जुड़ी जो खबरें आ रही हैं उसमे लोगो का यही कहना है की उन्हें कुछ भी याद नहीं. सर फिर हम फेर में पड़ जाते है.

भाग २

राय कमरे में वापस आ जाते हैं. उन्हें मामला समझ में अब आने लगा था. उन्होंने अपने जूनियर से कहा “कल से हम लोग एक दीर्घकालिक यात्रा पर जा रहे हैं. पर हमे बहुरूपिये के रूप में ही रहना होगा. उसी रात उन्होंने अपने जूनियर को भेजकर सारी बात नीतू को बता दिया और अगले दिन वे दोनों एक अनजान मंजिल की तरफ बढ़ चले.

लगभग एक महीने के बाद असम पुलिस के साथ प्रमोद कुमार राय ने गुवाहाटी से पांच लोगो को गिरफ्तार करवाया. करीब १० करोड़ रूपए उनके पास नगद के रूप में मिले और गिनती तब भी चालू थी. सब जानने को उत्सुक थे की राय ने इस असंभव से दिखने वाले कार्य को पूरा करके दिखाया कैसे- मीडिया ने उनसे यह सवाल पुछा भी-

तब राय ने कहना शुरू किया-

“सबसे पहले हम दोनों भेस बदलकर असम के ग्रामीण इलाकों में गए. उन सभी फेरों में फंसे भुक्तभोगियों से मुलाकात की. जब ग्रामीण इलाकों में हमारा काम पूरा हो गया तो हम लोग शहरों की तरफ आ गए. यहाँ भी बैंक फ्रॉड और चोरी किये गए घरों में बातचीत किया. उससे जो निष्कर्ष निकला वो विचित्र होते हुए भी आकर्षक था:

१.पिछले एक साल में ग्रामीण इलाकों में सबसे ज्यादा चोरियां जहाँ-जहाँ हुई वहां कनेक्टिविटी प्रोब्लेम्स हमेशा रही हैं.

२.जिन भी घरों को लूटा गया उन सभी घरों के लोगो का कहना है की वे सोये हुए थे या बस क्या उनके घर में हो रहा है वो देख रहे थे.

३.शहर में जहा-जहाँ चोरियां हुई वहां भी यही कहानी है पर बैंक फ्रॉड वाले केसेस में घर वालों का कहना है की कोई अनजान आदमी एक दिन घर आया और कुछ देर बाद सभी की उपस्तिथि में पैसे ट्रान्सफर हुए.

यह सब सुनकर वहां उपस्थित लोग और परेशान हो गए. उनकी परेशानियों को राय मुस्कुराते हुए समझाना शुरू किये:

“इन २० लोगो का समूह है जो ड्रग्स जैसे ROHYPNOL, GHB, GBL और CREATININE जैसी चीज़ों के ज़रिये उनकी अलग-अलग मात्रा का इस्तेमाल लोगो को बेहोश या उनको अपने इशारों पर चलने के लिए किया करते थे. जैसे मिठाई बाँटने के बहाने किसी के यहाँ गाँव का आदमी बनकर जाना आदि. यह लोग लोगों को उनींदी स्थिति में डालकर पैसा अपने अकाउंट में ट्रान्सफर कराकर चम्पत हो जाते थे. इन लोगों ने अपने कागजात भी नकली बनवाये हुए थे और समय-समय पर अलग-अलग बनवाते रहते थे. क्योंकि इन लोगो द्वारा दिए गए ड्रग्स के सेवन के बाद के १०-१२ घंटे उनके साथ क्या हुआ कुछ याद नहीं रहता इस वजह से इन लोगो को पकड़ना मुश्किल हो गया. हमने घर चिन्हित कर लिए व उपग्रहीय खोजबीन व सीसीटीवी की मदद से इन लोगो को खोजा.

गुमशुदा की वापसी

विश्व की सारी महाशक्तियों में चर्चा चल रही थी. कोई भी किसी ठोस निर्णय पर नहीं पहुँच पा रहा था. सभी चिंतातुर थे. दरअसल समस्या भी कुछ असाधारण थी. धरती १.२ स्केल पर आ चुकी थी व मिल्किवे के आसपास के और आकाशगंगाओं को मिलकर जो लोकल सुपर-क्लस्टर बनता था उसकी स्थाई सदस्यता हमे मिल चुकी थी. सभी जानते हैं की जैसे-जैसे शक्ति बढ़ती जाती है जिम्मेदारियां भी बढ़ती जाती हैं. एक ऐसी ही समस्या पर विचार-विमर्श चल रहा था.

(सारे नाम कोड में हैं)

A: मैं आप सभी को अवगत कराना चाहता हूँ की मानव इतिहास की गणनाओं के हिसाब से अबतक ५०००० लोग रहस्यमयी रूप से गायब हो चुके हैं और अंदेशा है की किसी अत्यंत विकसित सभ्यता ने उनका अपहरण किया है.

B: और लोकल क्लस्टर्स जिनके अभी हाल-फिलहाल हम सदस्य बने हैं, वहां के डाटा के अनुसार करीब १८ करोड़ के आसपास जीवधारी अपने क्लस्टर के स्थायी व अ-अस्थायी मेम्बर ग्रहों से गायब हो चुके हैं.

C: मगर हम इस मामले में कर भी क्या सकते हैं. जबतक पूरा क्लस्टर मिलकर कोई ठोस कदम न ले तब तक हम कुछ नहीं कर सकते.

A: पर पहल करने में कोई नुकसान तो नहीं.

कुछ देर बाद निष्कर्ष यह निकलता है की C और B स्पेस यूनाइटेड फोरम, जिसका आयोजन ५ दिनों के बाद फोबोस उपग्रह पर होना है उधर इस मुद्दे को उठाएंगे.

"सर, हम भी पिछले काफी दिनों से इस विषय पर कुछ ठोस कार्यवाही करना चाह रहे हैं. हमारे लोकल सुपर-क्लस्टर की सुरक्षा के लिए जो सुरक्षा एजेंसी का गठन किया गया है वह भी अभी तक अपहरण कर्ताओं के विषय में कुछ भी पता लगाने में असमर्थ रहा है. सर दिक्कत वाली बात तो यह है की ग्रहीय स्तर पर वहां के किसी राष्ट्र में अगर इस तरह की कोई घटना होती है, तो अपहरण कर्ताओं को भी जिन्दा या मुर्दा पकड़ लिया जाता है और अपहृत व्यक्ति का भी कुछ समय बाद पता चल जाता है.

SIGMA४९०: इस सुपर-क्लस्टर में सबसे पुराने सदस्य हम हैं. पिछले साढ़े तीन अरब सालों में कई सभ्यताएं पनपी व नष्ट हुई. पर विचित्र बात यह है की लोगो के गायब होने का सिलसिला कभी रुका ही नहीं.

B और C: सर हमारा मानना है की सबसे अच्छा तरीका यही होगा की हम एक सूचना सभी सदस्यों के लिए जारी करें की अपने अंतरिक्ष क्षेत्र की चौकसी वे लोग बढ़ा दें.

भाग २

राजेश: आखिर क्या किया जाए. सुमन जी का गायब होना बहुत विचित्र बात है. न ही विज्ञान से उनका पता चल रहा है न ही तंत्र-विद्या से.

राय: आपने उनके अनुनाइयों से कुछ पूछा नही.

राजेश: सर वे लोग कुछ भी पता लगाने में असमर्थ हैं. उनका कहना है की सभी आयामों में जाने की अनुमति सिर्फ सुमन जी को थी. औरों को इसका कुछ अता-पता नहीं था.

राय: सुमन जी का गायब होना मामूली बात नहीं है. हालांकि उनके शार्गिदो की बात को मैं नज़रंदाज़ तो नहीं करता पर बेहतर होगा की आप और मैं मिलकर अपने-अपने स्तर पर उनको ढूंढें क्योंकि ऐसा भी हो सकता है की किसी साज़िश के तहत ही उन्हें गायब कर दिया गया हो. बस फर्क यह होगा की मैं उनकी आयामों के संसार में जाकर तफतीश करता हूँ और आप इसी दुनिया में रहकर उनकी खोज करिए.

अगले दिन राय डिफरेंट वर्ल्ड सेंटर एंड म्यूजियम पहुँचते हैं. बहुत देर तक राय इसके विषय में जानते और समझते हैं. फिर दोनों एक साथ आयामों की दुनिया के लिए रवाना होते हैं. “आपको यह जानकार आश्चर्य होगा की यह सारे डाइमेंशन्स एक दुसरे से भिन्न होकर भी आपस में जुड़े हुए हैं और सभी मिलकर इस स्थूल संसार का निर्माण करता है. पर इस दुनिया में आपको कारखाने आदि चीज़े नहीं मिलेंगी. सिर्फ आपकी

शक्ति ही आपके काम आएगी. शक्ति से मेरा तात्पर्य है की जैसे आपके यहाँ सूर्य एक पूरे सूर्यसंसर का अधिपति है, जिसे आपलोग सोलर सिस्टम कहते हैं उसी तरह इस मल्टीप्ल डायमेंशन की दुनिया में आपकी भाषा में e-,p+,n०,क्वार्क आदि भी अपने ऊपर भारी बोझ लेकर चलते हैं. इन्ही की चालों से मल्टीप्ल डायमेंशन का निर्माण होता है. हमारी सूचनाये एकदम सटीक होती है और उससे पता चला है ९th डायमेंशन में आकाश तत्व की कमी हुई है. बाकी सभी डायमेंशन में सारे तत्व अपने सही परिमाणों में मौजूद है. हर एक डायमेंशन अपने अन्दर एक पूरा का पूरा ब्रह्माण्ड समेटे हुए है और किसी तत्व की कमी पूरे ब्रह्माण्ड में होना तभी संभव है जब कोई रेगुलेटर(सुमन अरोड़ा, रुसुक-चुसुक आदि जो इनमे सामंजस्य बैठते हैं) जो सभी डाइमेंशन्स में सामंजस्य सुनिश्चित करते हैं, वे ऐसा करना चाहे क्योंकि ऐसा होना असंभव ही है की किसी एक डायमेंशन में उठा-पटक मची हो और बाकी डाइमेंशन्स में कोई असर न हो रहा हो. तो चलो उसी ओर. जब वे लोग ९th डायमेंशन में घुसे तो एक विशाल संसार उनके सामने था. वहां पर फिर मास्टर रोहन ने कहना शुरू किया की इस ब्रह्माण्ड में तो आकाश तत्व की कमी है. पर मैं अपनी शक्तियों से साफ़ पहचान सकता हूँ की ब्रह्माण्ड में जहाँ आकाश तत्व की कमी हुई है, वहीं यहाँ के जितने जीवधारी ग्रह हैं उनपर सारे तत्व सही परिमाणों में मौजूद है, इसका एक ही मतलब है की सुमन जी इसी डायमेंशन में मौजूद है क्योंकि इस तरह का अपवाद कोई इंद्रजाल सम्राट और तंत्र मंत्र की सभी कलाओं में माहिर व्यक्ति ही कर सकता है, और इस समय हमारे संगठन में सिर्फ

पांच ही लोग इतने शक्तिशाली हैं. राय सब कुछ समझ रहे थे और फिर वे लोग एक ग्रह पर उतरते हैं जहाँ १०-१२ फीट ऊँचे प्राणी रह रहे थे. राय का काम शुरू हो चुका था. सबसे पहले तो रोहन ने दोनों को अदृश्य बना दिया और फिर दोनों सीधे उस ग्रह के ख़ुफ़िया विभाग में पहुंचे. दरअसल यहाँ पर वन-प्लेनेट सिस्टम था. यानी अलग-अलग देश न होकर एकं देश एक शासक वाला सिस्टम लागू था. वहां पहुंचकर जो ख़ुफ़िया जानकारी राय के हाथ लगी उन सब की एक कॉपी उन्होंने अपने पास सुरक्षित कर ली (कॉपी बनाना आसन था क्योंकि रोहन उनके साथ थे). फिर राय ने कहा- "पूरे ब्रह्माण्ड में इस तरह से घूम-घूमकर जानकारी इकट्ठी करना लगभग असंभव कार्य है. आप सुमन जी से संपर्क करने की कोशिश करिए. वे लोग संपर्क स्थापित करने की कोशिश करते हैं और संयोग से संपर्क स्थापित हो जाता है. सुमन तुरंत उन दोनों को अपने पास पहुँचने का इशारा करती है और जब दोनों उनको आज़ाद करवा देते हैं तब वह उन्हें बताना शुरू करती है-

"रेगुलेटर होने के नाते सभी डाइमेंशन्स में सामंजस्य स्थापित करना हमारी प्राथमिकता रहती है. लेकिन हमने यह महसूस किया की ९th डायमेंशन को छोड़कर बाकी सभी डायमेंशन में आकाश तत्व की कमी हो रही है. ९th डायमेंशन से तो कोई रेगुलेटर था ही नहीं. हम लोग समझ गए की दाल में कुछ काला है. गुप्त कामुकम की स्थायी सदस्य होने के नाते मेरा यह दायित्व भी था की मैं इस मामले की तह तक जाऊं. जब हमने इन लोगो से संपर्क किया तो इन लोगो ने डार्क डायमेंशन जहाँ पर समय का कोई वजूद नहीं होता वहां पर युद्ध छेड़

दिया. हम लोग सिर्फ जादुई शक्तियों का इस्तेमाल कर रहे थे पर यह लोग जादू के साथ-साथ विज्ञान का भी इस्तेमाल कर रहें थे और यहीं पर हमारा नुकसान हो गया. मेरे साथ कई और नियामकों भी बंदी बना लिए गए इस दौरान हमने हमारे लोकल सुपर-क्लस्टर से अपहृत कई सारे लोगों को भी देखा. धरती के साथ-साथ अन्य गृह के वासी भी यहाँ मौजूद है. वे सभी जिन्दा है पर यह लोग उनपर शोध करते हैं. कारण क्या है उससे हम अनजान है.

भाग ३

" हमारे ख़ुफ़िया सूत्रों से हमे जानकारी मिली है की हमसे ३०००० प्रकाश वर्ष दूर जो विर्गो सुपर-क्लस्टर है वहीँ पर हमारे क्लस्टर के बंदी मौजूद हैं. आपके कहे अनुसार हमने उन तक सूचना भिजवा दिया है की हमारे बंदी हमें वापस कर दें अन्यथा परिणामों के उत्तरदायी वे स्वयं होंगे पर वे लोग किसी भी कीमत पर बंदियों को छोड़ने को तैयार नहीं थे." "तो फिर युद्ध होकर रहेगा." एक तो वे लोग छिप-छिपकर अपहरण किया करते थे. लाखों घर उन्होंने तबाह कर दिए. युद्ध तो अब होकर ही रहेगा. हम जानते हैं की हम उनसे काफी कमज़ोर हैं पर शक्ति प्रदर्शन करने में कोई बुराई नहीं.

युद्ध का बिगुल बज चुका था. सुदूर अंतरिक्ष में लोकल सुपर-क्लस्टर और विर्गो सुपर-क्लस्टर की सेनायें आमने-सामने खडी है. तभी सभी ग्रहों से लोकल सुपर-क्लस्टर को सूचनाएं मिलती है की अपहृित लोगो के साथ-साथ उस ग्रह का इतिहास समेटे काफी जीवधारी एकाएक प्रकट होने लगे हैं, वो भी सेफ जगहों पर वहीँ दूसरी तरफ विर्गो सुपर-क्लस्टर ने एकदम से हथियार डाल दिए व शान्ति की पहल की. इतना सब सिर्फ कुछ मिनटों में हो गया. फिर कुछ ऐसा हुआ जिसकी कल्पना किसी ने नहीं किया था. अपने आप एक अनाउंसमेंट हुई जिसमे कहा गया:

" आपके सुपर-क्लस्टर की सारी ख़ुफ़िया जानकारी हमारे पास है. सारे बंदी छोड़े जा चुके हैं. आपके हथियार अब हमरे पास

हैं. आत्म समर्पण कर दीजिये. एक ऐसी शान्ति छा गयी जिसके बाद विर्गो सुपर-क्लस्टर ने आत्म समर्पण कर दिया. मल्टीप्ल डाइमेंशन्स में भी उन्हें हराया जा चुका था और उन्हें कमजोर करने के लिए सभी तत्वों का परिमाण अनियमित कर दिया गया था ताकि अगर युद्ध हो भी तो वे लोग हमारी अपेक्षा कमज़ोर रहे. इस युद्ध के बाद विर्गो सुपर-क्लस्टर के साथ भी हमारे सम्बन्ध स्थापित हो गए. अहम् मौकों पर राय ने दुसरे साथियों के साथ मिलकर सारी ख़ुफ़िया जानकारी सही समय पर कण्ट्रोल रूम पहुंचा दिया जिसके बाद विरोधी सेना ने अपने सेनानायक के कहने पर खुद ही हथियार डाल दिए!

www.ingramcontent.com/pod-product-compliance
Ingram Content Group UK Ltd.
Pitfield, Milton Keynes, MK11 3LW, UK
UKHW020707041026
15590UKWH00002B/526

9 789354 725869